わが心、高原にあり

目次

わが心、高原にあり

一

意識はとっくに戻っていた。だがまだ半醒《はんせい》の状態にいるらしく、わけの分からない想念が夢の続きをなぞるように頭の中を巡《めぐ》っていた。といっても、自覚的に想念を操《あやつ》っているというのではない。自分の記憶のあちこちに、さまざまに刻み込まれてきた百感の思いが、地面から立ち上る陽炎か何かのように、ゆらゆらと奔放に浮遊していると言った態《てい》のものだ。ともあれそうしたことを別のところから見つめられるほどの意識は、たしかに戻っていたのだ。

その夢とも半睡とも分からぬ場所からふいに現実に引きずり出されたのは、頭上で響いた、野太い声に因《よ》ってであった。

その声が「救急車を呼ばんべが」という、自分にとってひどく疎《うと》むべきものであることに気づくのに、いっときの間が要《い》った。

だがすぐにぼくは、しめやかな臥所《ふしど》から、のろのろと煩わしい現実に引き戻されていった。そのことは単に意識を取り戻したという意味に留まらない。倦怠や孤独や絶望や、或いは悲しみ。これまで自分が堕ち込んでいたネガティブなもの一切が渦巻いていた泥沼のような場所から、それまで纏《まと》っていたものを剥《は》がされ、裸身で引き揚げられたと言った気分のものだった。

にもかかわらず、面倒な騒ぎは困る、なにより自分のこの不様な恰好を人目に曝《さら》したくないという、しごく俗念的な感情をも取り戻していたのだ。

「大丈夫ですから」

とかろうじて出た声が、喉の奥でもつれていた。

そのとき気づいたことは、顎と頸回りがひどく痛むということだった。

ようやくの思いで焦点を合わせた視細胞が最初に感知したのは、赤茶けたしわだらけの顔で自分を見つめている、いかにも土臭い無精ひげの男だった。男の頭の背後には萌黄色や若菜色の若葉が、けむるように広がっている。自死に失敗し林を転がり落ちてきたのだと気づくのに一定の時間が必要だった。

老人と云った方が分かりやすいその男は、よく見ると質朴で飾り気のない印象があって、あらたまって身構える必要のない人間のようだと、どこかで本能が伝えていた。

そこで本当に自分は大丈夫なのかどうかと、横たわったまま改めて意識の先端で身体中の神経をまさぐってみた。

次に、まず手の指を動かしてみた。続いて腕、脚と点検したのち、内臓の損傷を探るために上半身に捻じれをくわえてみたりもした。

痛いと言えば身体全体が痛い。谷底に転がり落ちたときに、身体のあちこちの皮下組織が打撲とか捻挫と言った損傷に見舞われたらしい。だが脱臼だとか骨折のような局部的に鋭い痛みは感じられなかった。

そこで再び「救急車、呼ばんべが」という耳障りな声に、

「大丈夫ですから、そんなことはしないで下さい」

と、今度は幾分の抵抗を籠めて言った。

するとぼくの気持ちの中でにわかに恥じ入るような気分がふくれ上がってくる。自分は今、この上もなく不様な恰好を見つめられているのだ。

だが男は立ち去ろうとはせず、気の利かない無作法な人間のように、じっとこちらを見詰めながら突っ立ったままだ。

すでに上半身を起こしていたぼくは、男の前で見苦しくふらつくのを恐れて立ち上がりかね、しばらくそのままの姿勢を保った。

すると身体の奥の方から、ふいに悲しみとも情けなさともつかぬ居たたまれないような感情がこみ上げてきて、地べたに足を投げ出したままぼくは、さかんにあふれ出る涙を子供のように腕《かいな》でぬぐい始めていた。

どのぐらいしゃくりあげていたのだろうか。ふと我に返ると、それまでぼくの熱が放散し終わるのを待つようにして、ただ黙って傍に突っ立って居た男が、ポリエチレンの水筒の蓋かなにかの容器に入れたものを差し出した。

「谷川の水だ。冷ゃっこいがら飲んでみらえ」

いっとき怯《ひる》む気持ちが起こったが、気づくとひどく喉が渇いている。

ぼくは素直に受け取って飲んだ。するとたちどころに喉から奥へと、谷川が流れ込んでいくかのような冷涼な感覚が身体の中に広がり、気持ちが落ち着いた。一掬《いっきく》の水にこれほどの力があることに内心でぼくは驚いていた。

「ありがとうございます」

容器を返しながら何気なく見やった相手は、ニスを塗ったようにつやつやと光沢のある茶色い肌こそしているが、額に刻まれた深いしわと目の周りを網目状に蔽っているそれとから、かなりの年輩者に見えた。白のほうがはるかに勝っている坊主刈りの頭や無精ひげの感じから言っても、老人と呼ぶのに、はばかりの無い人物だった。

「サワグルミの枝が腐っていだがら、えがったな。お蔭で命びろいしたべや」

恬淡とした声で言いながら男が目で示したところに、黒く腐食してもぎ折れたような木の枝が、藤のつるに絡まったまま、上からぶらりと垂れ下がって揺れていた。

大丈夫だと言ったが決して大丈夫ではなかった。重大な外傷こそ見当たらなかったが、ここに至るまでに相当の神経の消耗が伴っていた。

早く立ち去ってくれればいいと思った。だが老人はいっかな立ち去ろうとしなかった。と言って、今さらふて腐れた態度をとるような情況にもなかった。すでに自分は、捨て鉢の極致にある自死に失敗するという、この上もなく不様な状況に居るのだ。見栄も外聞も、人間としての尊厳さえも表出し得ない、惨めな地点に立って居るのだ。

しかしぼくは、多少の恨みがましさが宿っていたに違いない目をふり向けながら、力なく言った。

「ぼくが、再度自殺を試みると思っているのなら、その心配はいりませんよ」

すると老人は、いっときどう言おうかというように、ぱしぱしと瞬《まばた》きをした。

「したども行ぎがガり上、このまま置いで行ぐのも、なんだが気が引けでな」

老人の繊細さの感じられない、むしろ磊落《らいらく》な感じさえする言い方が無性に腹がたった。

「大丈夫ですよ。もうこんな、こんな、馬鹿な真似はやりませんから」

正体の定かでない悔しさから、つい反抗的な口調になっている。

しかし、その言葉に嘘はなかった。

例え絶望に打ちひしがれていたにしても、自死を決行するにはそれなりの決意と精力が必要だ。だが今のぼくには、身体の中のどこを捜してもそんな力は残っていなかった。

自死に失敗し谷底に転げ墜ちたその瞬間から、助かったことにほっと安堵している自分が身の内のどこかに確かに存在している。

「ほんだが。ほんだらば、いいども な……」

老人は、そう言いながらも依然として立ち去る様子をみせない。少しして、

「あんだ、何処から来た」

無遠慮に聞いてくる。

「大船渡からです」

「大船渡の何処だ」

「浜浦です」

「浜浦がらわざわざこんな処まで……何で来た」

今度こそ腹が立った。死にに来たに決まっている。警察でもあるまいし何でそんなことまで答える必要があるのか。黙っていると、

「何さ乗はって来たんだ」

そういう意味だったかと気が付いた。老人はべつに自死を揶揄しているわけではなかった。此処までの交通手段を聞いていたのだ。

「遠野へ行く、バスに乗ってきました」

「ほんで風巻のバス停で降りで、この荷切《にっきり》の山道まで歩って来たづう訳だなぁ。こっからす

ぐ上は、蕨峠《わらび》だぜや」

老人は呆れたように言った。確かにバス停から此処まで、かなり歩いて来たような気がする。

「あんだ、歩げっかあ、どれ、立ってみろ」

無骨な言葉の裏にある気づかいにつられて、つい立ってみた。すると途端に背中や踝《くるぶし》に強い痛みが走って腰砕けになった。

「あ痛っ、たたっ、たっ」

「やっぱり救急車呼ばんべが」

「だ、大丈夫ですから、それだけは止めて下さい。骨は折れていないようです。ただの捻挫だと思いますから」

「ほんだが。ほんでゃまんつ、上の林道まで行ってみべえが」

老人は腰にぶら下げている鉈《なた》を抜き取ると、すぐ傍に生えている細い木を断ち伐った。それから横に伸びている枝のところを少し残してから手ごろな長さに切ると、

「これ杖っこにしてみらえや」

と言ってのべてよこした。なるほど残した枝の部分が握りにちょうどいい。

ぼくは杖をついて、残った手で老人の肩に掴まりながら、緩やかな勾配の山の斜面を上の林道に向かって歩いて行った。

クヌギやサワグルミや、そのほか名前の分からぬ木が林立する林の中に、わずかに暮れ残っている夕陽が踊るように差し込んでくる。その軟《やわ》らかく淀んだような光と、片方の手から伝わる老人の肩の温もりとが、ぼくの心情に幾ばくかの安心感をもたらしたに違いなかった。

気が付くと、再び身の内から熱い感情が込み上げてくる。悔しさと情けなさが入り混じった居たたまれないような感情だった。ついには耐えきれなくなって、ぬるぬると涙を流しながら嗚咽さえ上げているのだった。

肩に掴まったぼくの手を老人の反対側の手が、上から静かに撫でていた。ざらざらと皮膚を引っ掻くような、荒れた手だった。

林道には老人の軽トラックが停めてあった。

「間もなぐ日が暮れっと。バスはもうあんめえ。第一その足ではあ、一人で帰るのは無理だべや。とりあえず、おら家《え》さ行ぐべえ」

老人はぼくを乗せるために助手席から竹籠を下ろして荷台の方に移した。ちらりと目に映った籠の中にはツル状の植物が入っている。

「ワラビっこだ。もうは硬《かた》ぐなってしまったな。今年は、もうお終いだべな」

独り言のように言った。ワラビを摘みにきていてぼくを発見したのだと知った。

ぼくを助手席に乗せると軽トラは走り出した。

道々老人は言った。

「救急車呼ばんのを拒むっつうごどは、恥を曝《さら》したくないっつうごどだべ。それは、生ぎる気力が、まだ失せでないっつうごったべなあ」

ひどい土地訛りだが、どことなく底に慈愛の感じられる響きだった。

ぼくは内心で、さきほどこの人のお節介に腹をたてたことを恥じていた。この老人に怒ることなんか何もないのだ。怒るべきは自分のふがいなさなのだから。

二

軽トラで数分ばかり走ったところに同じような谷間があった。その谷間にある小さな集落の、奥まったところに、老人の家はあった。小川というよりは谷川と呼ぶほうがふさわしい石ころだらけの小さな川に何本もの丸太を渡して作った自家製らしい橋が架かっていた。

軽トラのままその橋を渡ると、目の前になだらかな林が広がっている。クヌギとかコナラの類いに違いない林に入るとすぐ、ちょっとした高台になっている辺りに僅かばかり開けた平地が現れた。そこにある一軒の家が老人の家らしかった。

典型的な平屋の農家で、外観はかなり古そうだがしかし結構広く、左側には納屋のような別棟もある。軽トラはその庭まで入り込んで止まった。

「まづ、入らっせん」

家の中に連れ込まれたぼくは、老人の手を離れてふらつきながら上がり框《がまち》に腰を落とした。

そして老人が広い三和土《たたき》に立って胴着を脱いだり脛当《すね》てを外したりしながら防具のような山装束を解いているのをぼんやりと眺めた。

無意識のうちに頸回りを手で触るとひどく痛んだり呼吸が辛いということはない。痛みは主に、脛《すね》や背中や腰回りに集中しているようだった。してみるとあのとき自分は、地面を踏み切りながらも咄嗟に輪っかにした藤のツルが頸に食い込むのを防いでいたのか。輪っかを握った両の手を離しかねて、未練がましく最後まで握りしめていたらしい。つまりはこの老人が言ったように、未だ生きることに未練があったということだろう。そう思うと身体の奥の方から、忸怩とした気持ちと同時になにか安堵に似た、奇妙にほてった感覚がむくむくと沸き上がってきて、頭の中をキーンと満たしていった。

上に上がってからぼくは勧められた椅子に腰かける気力もなく、板場に両ひざを立てたまま腰を下ろした。すると老人は奥の部屋から布団サイズのマットレスを持ち出してきてぼくの後ろへ置いてくれた。座布団代わりのつもりなのか。

それから大ぶりの湯飲み茶わんを伸べてよこすと、

「まんつ、茶でも一杯飲めや」

と言った。無意識に受け取ったぼくの手がぶるぶると震えている。気が付くと手だけではない、身体全体が小刻みに震えているのだ。どうもぼくは、山でこの老人に拾われたときから、ずっとこのように震え続けていたのらしい。

そのうちいつの間にかぼくは、気を失ってそのまま横に倒れ込んだ。

気が付いたときは翌朝だった。夜中に何度か、胸を掻きむしられるような不快な感覚や息苦しさに襲われたことを覚えている。

「気がついだがや」

ふいに脇の方からしゃがれた声がした。ぼくは驚いて上半身を立ち起こした。まだ身体の節々に鈍い痛みが残っていたが、震えは消えていた。気分の方もそれまでののしかかるような重いものがとれて、どこか軽くなっている。昨日に比べると間違いなく恢復のきざしだ。

「身体はどうだ。痛ぐないが」

「昨日よりは、だいぶいいようです」

老人の言葉で現実に引き戻されると、やはりまだ、どこかにどんよりと晴れやらない気分が残っている。

「んだばいいな。……なに、若い者《もん》だものな。恢復も早がんべものな」

つぶやくように言ってから、

「冷ゃっこい沢水で、顔でも洗ったらなぞった」

柔和な顔をして表を指さした。そうか、自分は自死することに失敗したところをこの老人に拾われてここに連れて来られたのだ。ふいに昨日のことが蘇った。するとにわかに気恥ずかしさが募ってきた。

思えばこの老人には、ひとかたならず親切にしてもらっているのではないか。

「表に、沢水を引いだ水汲み場があっから」

のろのろと立ち上がったぼくに、老人が真新しいタオルをのべてよこした。

タオルを受け取ったぼくは、逃げるように玄関を出た。

外に出ると庭の北側に五、六坪はありそうな鶏舎があり、中に数羽の鶏が飼われている。そのさらに北の庭の外れに、四角い木製の水桶が二段がまえで設置されており、ポリのパイプから流れ落ちてくる沢水を満々と湛えている。腰の高さにある上の桶が小さい方でそこから溢れる水を地面に置かれた大きい方が受け止めている。そこからあふれ出る水は、石を組み合わせて作った細い懸け樋を流れて下の沢に流れていく仕掛けだった。

木桶に渡してある板切れの上に酒のワンカップの空き瓶が置いてあった。手に取って沢水をすくい取り一気に飲んだ。すると昨日山で飲んだときと同じ冷涼な感覚が、萎えた身体の内と外に言い知れぬ新鮮な気配を立ち上らせた。

「まだ脚は本当じゃないようだな」

ぼくの歩く姿を見て老人が言った。気が付くとたしかに脚はまだ痛く、右脚を引きずるようにして歩いているのだった。だがぼくは、

「大丈夫ですから。折れてはいないようですから」

と虚勢ではなく応えた。

冷たい沢水に、ぼくの気分はいくらか蘇生の思いをしていたのだ。

「自然の、いい沢水を引いていますね。場所柄、なかなか便利だ」

愛想を帯びたそんな言葉さえ出てきた。

「だども大雨が降るづど濁るし、増水の時は樋を外さねばなんねえ。こったな山里の暮らしは、まんざら便利なばりでもないのさ」

「水が濁った時はどうするんですか」

「大雨が来そうな時は用心のために、降るまえに二つ三つのポリタンクをいっぱいにしておぐのさ」

顔を向けた土間の隅には、山里の暮らしの厳しさを示すかのように、赤いポリタンクが四つばかり並べてあった。板場に上がり椅子に座ったぼくに、老人が打ち明け話をするように膝をにじり寄せて、

「実はな。悪いどは思ったんだども、昨日あんださ飲ませだお茶っこさ、睡眠剤を混ぜだんだや。夜中にまだ妙な気を起ごされでも困るど思ってな。それより何より、今のあんだは、ぐっすり寝るごどが一番だど思ったのさ。なに心配はないんだ。おれが時々飲んでる安定剤だがらな」

と、悪びれずに言った。どうりでぐっすりと眠れたと思った。この数年、あれほど充分に眠ったことは無かったのだ。

「ニワトリを飼っていますね。何羽ぐらい居るんですか」

ぼくは老人の告白には応えずに聞いた。

「なに、二十羽ぐらいだべえ」

確かな数は知らないらしい。無言で頷いていると、

「嬶《かが》ぁが生ぎで居だったどぎは、百羽以上居だんだ。他にヤギも飼っていでな。ヤギの乳っこど卵ど、時どき鳥肉があれば、野菜ど穀物は自給自足だがら、銭っこが無くてもなんとが食えだもんだった」

昔を偲ぶようなことを言った。ぼくが黙って聞いているとさらに、

「水は沢水だべし、燃料は焚き木だべし、掛がるのは電気料金ぐらいだったんだども、このごろだば、医療だの介護だのＮＨＫだのって、やだら公共料金が取られるもんでな。それが一番堪えるものっさや」

と渋い笑顔を見せた。それから、

「飯食うが？」と聞いてくる。

柱の時計を見ると昼の一時を過ぎていた。すると自分は、昨日の夕方から今日の昼過ぎまで眠っていたということなのか。

「あまり食欲がありません」

内心で驚きながら言った。

「ほんだが。ほんだば、晩飯まで我慢すっか」

この家に未だ居てもいいと言うサインなのか。どうやら老人は、独り暮らしのようだった。

老人の家の中は玄関を入ってすぐ四坪ほどの三和土があり、上がり框からすぐ十四、五畳はあろうかという広い板場になっている。板場の奥には幾つかの和室があるらしい。

板場の一部は流しや戸棚のある台所で、台所と居間を兼ねたような場所だった。上がり框からすぐのところに丈の低い金柵に囲われた薪ストーブが置いてあり、上に炬燵板らしき板が乗せてある。つまりはストーブを焚かない季節はそこがテーブルになるらしく、その証拠に周りに四脚ばかり木製の椅子が置いてある。老人の日常はほとんどがこの板場で用が足りているらしかった。板場の奥の壁際には一間四方ほどの書架が立っており、本がびっしり詰まっている。見かけによらず読書家らしい。

見かけと言えば老人は、近くで見なれてくると老人と呼ぶには憚《はばか》られるほど生気に満ちて矍鑠《かくしゃく》としており、未だ現役らしい鋭気を失ってはいないように見えた。

「こんたな物しかないが、まんつ食わえや」

その晩、食いたいかどうかも確かめずに老人がのべてよこした脚のない配膳の上には、ご飯と味噌汁のほかに三皿ほどのおかずがのっている。おかずはキュウリと小カブの一夜漬けのような漬物に煎玉子のような玉子焼き、それと何かの魚の焼いたものだった。

ほとんど食欲がなく、箸を取りかねていると、

「一杯、やんべが」

と言った。気が付くと老人は横に一升瓶を立て、すでに湯飲み茶わんで始めているらしかった。無言でいるぼくに老人は、茶盆から新しい湯飲みを出すとなみなみと酒を注いで配膳の上に置いた。

「釜石の浜千鳥だ。美味いがらまんつ、一口飲んでみろ」

食欲はなかったが、酒なら飲んでみたいような気がした。

一口飲むと、甘みの底にかすかに辛みが感じられた。刺激的でいかにも豊饒なコメの精髄とでも言ったようなものが、喉の奥にじんわりと這い込んでいく感触がある。同時に身体の中にかすかにだが、活力のようなものが静かに沁み透っていくような気がする。

「貰い物だどもな。釜石に友だぢが居でな。時どきこれ、二本ずつぶら下げで来てくれるんだ」

嬉しそうに言うと、湯飲みをまた静かに口元に運んだ。二口、三口飲んでいるうちに身体のみならず心の中まで、血脈が熱く波打ってくるような気がする。

確かに今、自分に必要だったのはこれだったのかも知れないとさえ思えてきた。

老人は無言で酒を継ぎ足してくれた。

「自家製のアユの粕漬だ」

いつの間にか膳の魚に箸をのばしていたぼくに言った。それから、

「その玉子焼ぎも食ってみろ、うんめえぞ」と言う。

つられて箸でつまみ口に運ぶと、少し塩っ辛い妙な味がした。しかし美味い。

「これは、初めて食うような気がします」

「そいづは卵さ、葱のみじん切りどイカの塩辛を混ぜでみだんだ。だし巻き玉子づうやづだべ。ま、おれのオリジナル料理だべよ」

老人は、渋く笑って言った。しばらく無言が続いた。そこへ玄関の引き戸が開いて、「こんばんは」と言って女の人が入ってきた。

年の頃は耕さんよりはひと廻り以上も下の、五十代後半ぐらいに見える。女の人は上がり框に座りながら、

「そろそろ始まる時間だど思って、煮しめっこ持って来た」

と言って、おおぶりの皿にラップをかけたものを差し出した。まだ温かいらしくラップは湯気で曇っている。

「いづも悪いな」耕さんがそう言って食卓に乗せた。

「一人増えだようだねや……」

不思議そうな顔でぼくを見つめながら笑った顔が、陽に焼けて意外に美しい。女のひとはいっとき笑顔を浮かべたままぼくたちの様子を眺めていたが、それ以上穿鑿《せんさく》することなく、腰を上げた。耕さんが、「そっから卵、すぎなだけ持ってげ」と言うと、入口の所に積んであった十個入りパックの卵を二つ持って帰って行った。

「下の、しのぶさんだ。おふぐろさんど二人ぐらしなんだ。よぐ来て、掃除して呉《け》だり、飯作って呉るんだ」

と聞きもしないうちにそう言った。

「独身なんですか」

不思議に思って聞くと、

「旦那はあ、二十年も前に亡ぐなったんだ。冬に自動車事故に遭ってな」

としんみり言った。少しして、

「おれはぁ、嬶ぁが死んでがら、これが毎晩の日課になってしまったなぁ」

と、手の湯飲み茶碗をちょっと上に翳《かざ》して、自嘲するように言った。

耳を澄ますとかすかに谷川の音が聞こえてくる。そのほかは老人がときどき酒を啜る音のほか会話らしい会話もなく、夜は静かに更けていった。

老人が鳴瀬耕という名前だということを知ったのが、この家に来て五日も経ってからだということは、自分でも少しどうかしていると思う。自分はそれほどまともな感覚を失っていたということだろう。

五日めにようやく世話になった礼をのべながら名前を聞いたとき老人は、

「鳴瀬耕だ。此処いらではコウさんで通っていっから、耕《こう》さんど呼んでければいい」

と言った。

五日もこの家に居続けた訳を、しいて言えばこんな状況だ。

「あんだ、被災者が」

二日目の晩に耕さんはこう聞いた。

「そうです」

「身内の人を亡ぐしたのがぁ」

ぼくが無言で頷くと誰を亡くしたのかとは聞かず、何もかも察したかのように深く頭を上下させ、それ以上は聞いて来なかった。しばらくしてから、

「こんたなあばら家でいいば、何日でも泊まっていげ。おれ独りだがら、碌な世話は出来ないけんともな」

と屈託を感じさせない響きで言った。とくに待っている人もなく、また満足に帰る家とてないぼくは、その言葉に甘えてそのまま居続けてしまったのだ。

帰る家もないというのは正しくはない。正確には帰りたい家がないということなのだ。ぼ

くの家は津波で失われてしまった海端の町の東のはずれに、外の場所よりはいくらか小高い地瘤のような場所にある。西側にある二百戸余りの団地を見下ろす恰好だが、その団地が上の方の二列を除いて、全て大津波に呑み込まれてしまった。ぼくの家は床上二メートルの浸水だった。誰も住んではおらず半壊になった状態の家の二階に、母が死んでからぼくは、五年余りも独りで暮らしていたのだ。

三

耕さんの日常は、家の上の方にある耕地面積一反部の野菜栽培と、時期になれば秋の刈り入れまで管理する二枚の田んぼ、そして鶏の飼育と暇を見ては出かけて行く山での山菜採りなどが主なものだ。

ぼくが耕さんに山で救われたのはちょうど山菜取りで同じ山に入りこんでいた時で、ぼくは自分の愚かな行為のためにあの時の耕さんの山菜の収穫を、ふいにしてしまったのではないかと今でも心配している。気になってそのことを聞いてみると、

「ワラビを採りさ行ってみだんだども、葉が開いでしまってで、もうは硬くて駄目だったんだ。これがらはシドッケだべものや」

と渋い笑顔を見せて言った。耕さんは蔬菜畑の仕事の合間に、二度ほどそのシドケなるものを摘みに山に入った。ぼくもそれに同行した。自主的に同行したのだが、耕さんはぼくを

独りにすることが気がかりらしく、遠出をするときは必ず「一緒に行がないがぁ」と声をかけた。もうそんな心配はいらないのだが、それでも心配らしく声をかけてくれるのだった。

一緒に行った山は、伐採をした後の手入れをしていないようなほとんど裸山で、まばらな木立の窪んだような湿り気のある場所に群落と言っていいほど一面にシドケが生えていた。耕さんは小さい鎌でまるで稲でも刈るように、せっせとシドケを刈り始めた。ぼくも耕さんに習って、厚刃のカッターナイフで刈り採った。

刈ったものはその場でひと握りぐらいずつ便利テープで束にして籠に収めた。山から下りて軽トラに乗ったその足で、そのまま世田米の町のスーパーまで持って行った。

シドケはいくらでも採れたが耕さんは二度ほど行ってあとは止めた。どうして行かないのかと問うと、

「そろそろ硬ぐなってんべ。別に金儲げしたい訳ではないがらな。おれのはただの道楽だがら、ほんの小遣いっこになればそれでいいんだや」

と言って笑った。その他耕さんは、近くの渓流でワサビを摘んだり、セリやミズナを摘んだりしては煮びたしにしたり酢味噌和えにしたり、湯がいたものに醤油と削り節をかけて晩の酒のアテにした。

耕さんのそうした行為は「贅沢しないば、農業者年金で何とがやってはいげんだ」という言葉の通り、決して暮らしを維持するための切羽詰まった仕事という印象はなく、どこか人

間界から遊離した仙人の暮らしのように見えなくもない。

ぼくの最初の印象では耕さんという人は、良く言えば磊落、シビアに言えばデリカシーが無い人だと思っていた。

だが数日一緒に暮らしてみて、その評価にぼくは今では疑いを持っている。表面は磊落にみせて本当は、耕さんという人は、奥に繊細な神経と深い情味を湛えた人ではないかと思われてきたからだ。でなければぼくのような傷ついた死に損ないの男が、たとえ一週間であったにしろ、安穏として止まっていられる筈がない。


自死の失敗いらいぼくの記憶は、ショックからなのかところどころ剥がれ落ちたように思い出せない箇所があった。それでも社会から弾かれたような悲しみは残っていたし同時にどこかに、あらゆるしがらみからとき放たれたような、ある種の開放感が生じたことにも気づいている。

それでも欠け落ちたような記憶は、時々パズルのピースを一つ見つけて嵌《は》めたときのように、何かの折にふっと覚醒することがあった。

ぼくの気持ちの隅に張り付いていた「きえぇぇえーっ」という得体のしれない奇妙な叫びの正体に気づいたのは、そんなことの一つだった。

その時は気づかなかったのだが、確かあのときぼくは頸《くび》にかけた藤のツルの輪っかを両手でつかんだままだったのだ。そしてそれが頸に食い込むのを両手で必死に堪えていたのだ。そのきっかけになったものが何かと云えば、それはまさしくあのとき突然耳に飛び込んできた「きええええーっ」という、裂ぱくの気合のような声なのだ。そしてそれは、今にして思えば紛れもなく耕さんの口から発せられたものであった。

耕さんは単にぼくを山から自宅に運び入れただけではなく、ぼくの命を救ってくれたことになる。

一週間経ったときぼくは、そのことを耕さんに聞いてみた。

「あのとき、確か、きえーっという声を掛けてくれましたよね」

耕さんはいっとき何のことかと目をきょとんとさせた。

「ぼくが頸に輪をかけて、今まさに飛びだそうとした時ですよ。あのとき確かに声が聞こえましたよ」

「はあでな。ほんだったべがな」

耕さんはすっとぼけた。それとも無意識に出た言葉で本当に忘れているのか。

「ぼくが助かったのは、あの咄嗟の気合のような声のお蔭だと思っているんです」

ともあれぼくは、礼のつもりも兼ねてそう言った。

「なに、あんだ自身の手が、自分の命を支えだんだ」

すべてを承知しているように言った。

それにしてもこの細い腕のどこにそんな力が潜んでいたのだろうか。ぼくは自分の命を支えた、枯れ枝のように痩せた両の手をしみじみと眺めた。

次に詫びとも礼ともつかぬ言葉がぼくの口から出てきたのは、耕さんの家に世話になってから十日ぐらい経ってからのことだ。

「長いこと迷惑をかけて、まことに済みません」

気持ちからではなく単なる習慣から出た言葉だった。その時のぼくには未だ、常識的な感性は完全には戻っていなかったからだ。

しかしぼくの口から神妙な言葉が出たことに耕さんは、いっとき驚いたように目を瞠ったまま、無言でぼくの顔を見た。それから、

「いや、不思議なもんだな。なんつうのが、傍目には確かに迷惑に見えでもおがしぐはない組み合わせなんだべども、しかし必ずしもそうでもないんだや」

組み合わせという言葉がおかしかった。耕さんはつぎの言葉を探すように一旦言葉を置いてから、

「独り暮らしが長いせいだが、むしろこうやって世話したり話しかげだり出来る相手が居るっつうごどが、妙に嬉しいんだや」

照れくさそうに目を瞬きながらそう言うと、にっと笑った。すると木肌のひだのようなしわがにわかに張りをもって隆起し、間から意外に若々しさの感じられる二重の目が覗いた。

そして耕さんのその一言は、ぼくの気持ちの中に重く垂れこめていた乱層雲のようなものの一部を、吹き払ってくれた。

「奥さんは何時亡くなったんですか」

ぼくの口から、初めて能動的な言葉が出た。それを感じたのか耕さんは、

「去年、七回忌が終わったばりさ」

といくらか安心したように言った。


初めの数日というものぼくは、頑なに口をつぐんでいた。自死に失敗したぶざまな自分を恥じる気持ちと、それを憐れんでいるに違いない気心の知れない老人に対して、理由《わけ》もなく身構えていたのだ。

だがどこか畑の土のような温もりを感じさせる耕さんと、幾晩も静かな晩酌を重ねるうちに、しだいにぼくの口はほどれていった。酒の力もあったが、なにより耕さんという人がどことなく気の許せる、屈託のない人に思えていたからだった。最初の頃ぼくは、もっぱら自分の身の上のことについて話した。

「震災ではかなりやられだのが」

話はたいがい震災についてだった。

「はい。家が半壊になりましたし、父と兄が未だに行方知れずです」

「ばあ、五年も経づのに……それはまだ、たいへんなごどだったなあ」

耕さんは一瞬絶句しながら言った。

父と兄は浜浦の漁師で、あの日は刺し網漁のために沖に出ていたのだ。

何人もの漁師が海で死んだが、助かった人も何人かは居る。襲いかかる波にいち早く舳先か艫《とも》を向け、必死に舵輪を操作して大波を乗り切った人たちだ。

ぼくの想像だが父と兄はきっと網を仕掛けている真っ最中で、あの巨大な波に立ち向かう構えをとるのが間に合わなかったのではなかっただろうか。

母が無くなったのはそれから二年後のことだ。医師の診断は神経膠腫という診断だったが、ぼくは夫と息子を同時に失った心労が原因だと思っている。母の葬儀は東京から駆け付けた妹と、叔父夫婦とぼくの四人だけでひっそりとおこなった。

震災からこっち、どこの家でも多かれ少なかれ不幸を背負っていて、遣ったり取ったりの大袈裟なセレモニーは、慶事であれ弔事であれ憚られる雰囲気になっていたからだ。

誰かに聞いてもらいたかったに違いない。話し始めるとぼくは、失禁症か何かの人のように、止めどもなく語り続けているのだった。

不思議なことだが、ぼくは父と兄のときも、母が死んだときも、それほど強い悲しみには陥らなかった。すでに多くの人が亡くなっていたし、周囲には壊滅した街の残がいがうず高く積み上げられていたからだ。つまり戦場で、傍らの戦友が次々に倒れていく時と同じ状況なのだと後になってぼくは、言い訳のように自分に言い聞かせた。

人間は、いちどに沢山の不幸に見舞われると、無意識のうちに心に蓋をしてしまうのかも知れない。いちいち嘆き悲しんでいては自分の身がもたなくなるからだ。それは決して薄情ということではなく、人間が持つ止むにやまれぬ自衛本能なのだ。

「家が半壊したっつうが、帰る家はあんのが」

耕さんの声で我に返った。

「家は一応残ってはあるんですが……」

津波は二百棟ほどあった団地を完膚無きまでに壊滅させ、ぼくの家は一階部分だけがやられた。だが団地のあった場所からぼくの家の辺り一帯は、震災後『災害危険区域』との指定を受け、民家は建てられないことになっている。

ぼくは立ち退きを迫られていた家の、二階に住み続けていたのだ。


耕さんはぼくの愚かな行為が、震災に起因していると思っているようだった。たしかにそれも一因にはなっているかもしれない。でも自分ではそれが全てではないと思っている。そのことを説明するのは簡単ではない。

第一面倒だし、あえて持ち出したい話でもなかったから、ぼくはそのことは言わなかった。

「震災でやられで、生ぎる気力を無ぐした人間は大勢居るべものな。今では一部の人を除いで、仮設住宅からの移転はあらがだ終わったようだども、ほんでも心の復興が出来でいないない人間は、未だ未だいっぱい居るべものな」

しんみりとした言葉に、気配りが感じられた。それから、

「そういえばまだ名前も聞いでいながったな」

と思い出したように言った。そうなのだ。まだ自分の名前も名乗っていなかった。

「新沼久男といいます」

ぼくは恥じ入るように、口の中でもごもごと歯切れ悪く言った。この陳腐で何の個性も感じられないありふれた名前を告げるときがぼくには、ひどく気後れのする瞬間だった。日本中に新沼という姓の人は何万人も居るだろう。その中に久男という名前の付く人間もまた、そうとうの数にのぼるに違いない。ぼくは無名の短大卒という学歴の他に、このインパクトのない名前もかなりの割合で自分の負の私産になっていると思っている。

だが意外にも耕さんは、

「ひさお君か、良い名前でないが」

と、ひさおという名前を、これまで感じた事のない新鮮な響きで口にした。

耕さんのところに来てからぼくは、晩酌という習慣を身に着けた。習慣というのは大袈裟かもしれない。行き掛かり上、単に耕さんのそれに付き合わされているだけなのだ。

それでも長い間の孤独な暮らしの反動なのか、酔うとぼくは自分でも驚くほどお喋りになった。そして最後は必ずと言っていいほど震災の話題に行き着くのだった。そんなときぼくは耕さんに、しばしば恨み言のような言葉をぶつけた。

「そりゃあ住田はいいですよ。気仙で唯一、震災の被害を受けなかった処なんですから。高みの見物とまでは言いませんが、大船渡や陸前高田市のような痛みは何にも味わわなくて済んだわけですから。家や家族を一瞬にして失ってしまった人間の気持ちは、当事者でなければ、とうてい分りゃあしませんよ」

愚痴っぽい恨みがましさを籠めて、ぼくは言った。耕さんはただ、目を悲しそうにぱしぱしさせて黙って聞いていた。後になって考えると自分は、ただねじくれた時間を作り出していただけだったのだ。そのころのぼくは、そうとう捻《ひね》くれた心の持ち主だったらしい。

旧気仙郡は仙台藩二十一郡の中の一つである。そのうち昭和二十七年に大船渡湾の周辺にある盛六郷と末崎村が合併して大船渡市となった。続いて昭和三十年には広田湾の周りの八カ村が合併して陸前高田市となった。それから九カ月遅れて奥四カ村のうち唐丹村を除く三カ村が合併して三陸町となった。三陸町は平成十三年に大船渡市と合併して大船渡市となっている。住田町は昭和三十年に山側の世田米町と下有住村、上有住村の一町二カ村が合併して出来た町で、大船渡市と三陸町が合併するまでは気仙地方の自治体は、長いこと二市二町であった。

気仙地方で海に面していないのは、住田町だけである。

それまでの感覚から言えば海に面してない住田は、山奥に逼塞《ひっそく》した僻地と言うのが偽らざる印象だった。

その時のぼくは、これまで住田町だけが海の恩恵に与《あずか》ってきていないことを、すっかり忘れていたのだ。震災はたしかにぼくの心の中に、地しばりの根っこのようにしぶとく陰湿なものを張り巡らせたに違いない。

「震災からもう七年も経っているのに、なんでまだ今頃になって、急に死にだぐなったんだべなあ」

「ぼくは精神科医ではありませんから、自分でもよくは分からないんですが、おそらくは壁のせいだと思います」

「かべ？」

「はい。ある日、目の前に、突然巨大な壁が立ち塞《ふさ》がったんです」

「ほう。巨大なかべがねえ」

「はい。巨大なコンクリートの壁が家の前に立ち塞がって、急に何にも見えなくなってしまったんです」

「それまでは何が見えていだんだべな」

「海です。ぼくの家は低く張り出した段丘の上に建っておりまして、毎日海を眺めて暮らしていたわけです。海の広くて奥の深い視界が、ふいに失われてしまった日々が、自分の気持ちの中に少しずつ、何かの澱《おど》みのように沈殿するものを溜めていったのではないかと思います」

「ほう、海が見えないいっつうごどは、そんなにたいへんな事なのがな」

「はい、浜で生まれ育った者にはそうです。なにせいつも海が見えていた東側が、一面が十二メートルの灰色の壁で塞がれてしまったわけですから」

「そいづはぁ、新しい防波堤のごどでねが」

「はい、新しいコンクリートの防波堤のことです。あれは津波から人間を護るというよりも、海と人間を精神的に遮断してしまうものです」

耕さんはいっとき考える風を見せた。それから、

「おれもこないだ用足し事があって、高田まで行って来たんだども、海がすっかり塞がって見えなぐなっていで、たまげだった。たしかに海の見えない三陸に、何の魅力があんだべがって、思ったったな。……もう少し何が、工夫が有りそうなもんだったべがなぁ……」

と、ぼくのうっ積に一定の理解を示しつつも、

「ほんだども海の景観が見えなぐなるっつう事は、それほど厄介なしろものなのがなぁ」

と半疑問形に言った。

「それはひどいですよ。なにしろ海は凪のときにつけ、時化ているときにつけその時その時の鮮やかな色彩と躍動感があって、渺々《びょうびょう》とした奥行きがあって、見る者の気持ちに、いかようにも生きるための滋養を吹き込んでくれますからね。それがいきなりどんと、目の前に灰色のコンクリートが立ち塞がって、視界を完全に奪ってしまった訳ですから」

「なるほど」

「視界を塞《ふさ》ぐってことは思考を塞ぐことなんだって、或る日ふいに気が付いたんです。それからがどうもいけません」

「いけないって？」

「震災のトラウマは、どうにか克服したと思っていたんですがね。思いのほか深いところに、傷が残っていたようで……」

言いながらぼくは、どこを見たって山ばかりの、こんな閉塞したような谷間で暮らす人間には、広い海を見ながら育った人間の心理は分かるまいと思った。

「ほんでこんたな山の中さ、来たってが」

「鹿のいる山で、死にたかったんです」

少し間を置いてから、

「母親の死んだ夜、うちの庭に鹿が現れたんです。その鹿が逃げなかったことから、母が鹿に姿を変えて現れたと、おそらく悲しみも手伝ってのことでしょうが、そんな風に思い込んだんです。もしかしたらあれは夢だったのかも知れませんが、今となってはどっちでもいいことです。とにかく鹿のいる山で死にたかった」

言い終わったときにわかに目がしらが熱くなって涙があふれ出てきた。いっとき沈黙があってから、

「悲しい時は、思いっきり泣ぐのが一番いいんだ」

と優しい響きで耕さんが言った。

「何だか分かりませんが、いきなり涙が出てきてしょうがないんです」

「ふうむ。それはあ凍っていだ気持ちが、こごさ来てがら、にわがに融げ始めだっつう事じゃないべがな」

「どうも、そんなことのようです」

いっときの沈黙のあと耕さんが言った。

「嫌《や》んた思いだの塞《ふさ》ぐ気分つうのは、自分ではなかなか思い通りにはいがないもんでな。気にすればするほど、あらがえばあらがうほど、余計にひどぐなる。んだども、人の身体の中で自分の思い通りに動がせるのは筋肉だげだべえ。したがらな、落ち込んで塞ぐ時には身体動がしてみるのも一つの方法でねえがや。笑顔を浮がべでいればいづの間にが気分も変わってくるように、身体動がしていれば案外、嫌《や》んた事を忘れるごどが出来るもんだでばや。おれはあ昔っから辛い時は、山さ行って稼いだもんだ。一生けんめい稼いでれば、いづの間に

が気分が変わるもんだった」

ひと息ついてから、

「上手な生ぎ方っつうのは、何より自分どけんかをしないごったべおや」

と少し理屈っぽいことを言った。が、ぼくを励まそうとの意思は伝わってきた。

四

耕さんの処には、家の上の方に林を切り開いて造った一反部ほどの畑があった。畑の周りには高さ二メートルほどの網が巡らせてある。

畑にはタマネギとジャガイモ、キュウリとトマトとインゲンなどが隙間もないほどみっしり植え付けてあった。ジャガイモとタマネギは緑の葉を勢いよく上に立てて広がり、トマトとキュウリは間もなく取り入れが出来そうな実を、枝が垂れ下がるほど沢山つけていた。

「ジャガイモだのタマネギは保存が利ぐがらな。いっぱい作ってんのさ」

言ったあと、周りに張り廻らせた網を指して、

「シカ対策だ。こうでもしないど、シカにみんな食われでしまうのさ」

と言った。

「へえええ」

「こないだなんか、子っこのシカがな。この網さ絡まって動げなぐなってだのさ。仕方がな

いがら網、切って放してやったべさ。おれが網、切ってる間じゅう、親ジカが近くでずうっと見でいんのさ」

「襲っては来ないんですか」

「襲っては来ながったな。むしろ助けでくれるのを期待してだ風だったな。放してやったらば、二匹して途中で立ち止まって、じっとこっちを見でんのさ。まるで感謝してるみだいにな」

そう言ってくるみ込むような笑顔を浮かべた。見回すと網の外にも若干の平地が広がっている。平地は手入れしたような草原で、真ん中辺りに丸太で作ったベンチが置いてある。頑丈そうだが明らかに素人の手製と分かるしろもので、たしか同じものが家の庭にも置いてあった。

「そっちも畑になりそうですね。耕さんの地所ではないんですか」

「おら家《え》んだ。元は三反部ばりの畑だったのさ。主に嬶《かが》ぁが耕していだったんだが、嬶ぁが死んでがらは手が回らないもんで、こればりに縮小したんだ」

耕さんは渋い笑みともつかぬ表情を浮かべて、草が生い茂っている網の外の草原を見わたした。まるで亡くなった奥さんの、野良で働いている姿が見えるかのように。

耕さんには他に、集落の下の方に田んぼが二枚あるという。

「結構いっぱい、田畑《でんぱた》を持ってるんですね」

ぼくが感心して言うと、

「こんたな山の中の痩せだ田畑なんか、なんぼ持ってだって財産価値はあんめえ。んだどもその昔、おれの親父どおふくろが、鍬一丁で開墾して切り開いだ畑だがらな。おれは、大事にしてんのさ」

そう言ってから思い直したように、

「米ばりはあ、なんぼあっても消費しかねるっつうごどは無いもんさ。使い物にしても喜ばれるしな」

と言った。

畑と田んぼの外に、耕さんの家には畑の上に山林があった。

「たったの三町歩ばがりの山だどもな。焚き木取るたって山菜採るったって一世帯を賄うには充分だものや」

耕さんはそんなことを言いながら、よく裏山に上った。焚き木にする雑木を伐って、家の敷地に積み上げておき、暖かい内に乾燥させておくためだ。

熊平に遭遇したのは、そんなある日のことだった。山でひと仕事して下がってきたとき、ぼくは度肝を抜かれる事態に遭遇した。林を抜けて畑にでたとき、畑のはずれの草原で黒い大きなものがうごめいていたからだ。瞬時に、「クマだっ」と分かった。

「ク、クマですっ。耕さん、クマですっ！」

腰を抜かしそうになりながらもぼくは、クマを刺激しないように抑えた声で伝えた。耕さんは落ち着いた様子でぼくの前に出た。それからいっときクマを見つめるようにじっと立っていた。

おののく気持ちでぼくは、尋常でないものと対峙しているという感覚を味わっていた。だが次の瞬間驚くべきことが起こった。

「クマヘイでねが。こらっ。柿は未だ早いぞ。帰れっ。山さ帰れっ！」

耕さんが怒鳴りつけるように言った。だがどこか愛情の感じられる声だった。

するとクマは、まるで叱られたことが分かるように、背を丸めるとすごすごと林の中に帰っていくではないか。

ぼくは言葉も忘れて、驚きに満ちた思いでその様子を眺めた。

「こいづは、うんと小っちゃい小グマの頃がら親にはぐれで、ここいら辺をうろづいでいだ奴でな。おれが食い物をやってきたもんで、人を怖《お》っかながらないんだや」

耕さんはどういうこともないというように言った。

野菜畑のほかに耕さんがひどく執着している作物、というか植物がある。

それは家の前の二、三坪ほどの畑で、耕さんは日に何べんもその畑に行って土を整えたり潅水をほどこしたりして、熱心に手をかけている。その様子から、何か大切な作物を育てていることが分かる。

ぼくが興味をもったのは、その場所が他の蔬菜畑とは違って、谷川に向かって緩やかに傾斜したほとんど林の中に在り、陽当たりも土壌も決して作物の生育に良い環境だとは思えないことからだった。

「耕さん。その畑は何の野菜を植えているんですか」

ある日ぼくは聞いてみた。すると意外なことに耕さんは野菜ではないと言った。

「これは、アツモリソウっつう花っこだ。野生ランの種類だな」

見ると土中から、ちょうどアジサイの葉ぐらいの大きさの葉っぱが、尖った葉先を上に向けて群落と言っていいほどたくさん生えそろっている。放射状にのびる葉の中心からは大きな葉柄には不似合いなほど細い茎が伸び、先端に丸くてやや大ぶりの蕾をつけている。

「この辺りでは、昔からカッコ花ど云ってな。住田では町花に定めで、土地の年寄りの間で今、栽培すんのが流行りになっていんだ」

「花にしちゃ場所が悪くありませんか。陽当たりがあまり良くないし、土も其処じゃあまり良くないでしょう」

「なに、こいづは隠花性でなや、陽当たりを嫌うし、そのうえ水はげのいい傾斜地を好むもんさ。肥えた地味はかえって悪いぐらいなんだ」

「ああそうなんですか。それにしてもずいぶん多いですね。これって売り物なんですか」

「こいづはぁ売り買いするごどが出来ないんだや。これは絶滅危惧種に指定されでいる花でな、自生しているものを採るごども、売るごども禁止されでいるんだや」

「へえええ」

「株分げしているうちにこんなに増えでしまった。なに、失敗する者が多いもんでな、後で皆さ分げでやんべど思ってるんだ」

耕さんは黄緑色の単葉を手のひらで愛おしそうに撫でながらそう言った。

そのときアツモリソウの花壇の横に、同じぐらいの広さでもうひとつの草花が芽吹いているのが目についた。羽根状に細裂した葉は楕円に幅広いアツモリソウとは明らかに違う種類のものだ。

「こっちは何ですか」と聞くと、

「フクジュソウだ。秋になったら株分げして、温室で調節して正月ごろに花を咲がせるようにすんのさ」と言ってから、

「おれの横技だべさ」

と言って謎の笑いを浮かべた。

五

五月中旬のある朝のことだった。何とはなしに新緑の匂いを浴びたくなって沢の方に降りていくと、アツモリソウ畑の緑の絨毯の上にピンク色の小鳥のような塊が一面に散らばっているのが目に入った。アツモリソウが開花したと思った。

「ほーう」

感嘆の声が自然にもれた。

よく見るとアツモリソウの花は、丸い壺のような花冠のふちに蝶が止まって羽根を休めているような実に独創的な形状をしており、その全体がピンク色をして弾力性を感じさせる。

「明日辺りがら交配さ、かがらねゃばなんないな」

ふり返ると耕さんが坂を降りて来ながら言った。

「コウハイ?」

「人口受粉のごどっさ。花が咲いでから三日四日めぐらいが一番いいんだ」

耕さんは花壇の前にしゃがみ込むと、ひとつひとつの花を、いとおしそうに手で撫で上げた。

しばらく花を眺めたあと家に戻って朝食を食べた。その後ぼくが食器を洗っている間に、奥の部屋に行った耕さんがつなぎの作業着を着て出てきた。そして上がり框に腰を下ろすと脚に脛巾《はばき》を巻き始めた。見ているとそのうち立ち上がって、玄関の横の内側の壁から腰ナタや鉄梃《かなてこ》棒や短い鋸などが付いているベルトを外すと腰に回した。

いつもの畑へ行く身支度とは明らかに違う、装備と言ってもいい身づくろいだった。

「何処へ行くんですか」

疑念を抱いてぼくは尋ねた。

「なに、すぐ其処の山の手入れを頼まれででな。ちょっくら行ってみんべがど思って」

そう言うと、ぼくの目の前でヘルメットを被った。

「ぼくも付いて行ってもいいですか」

山の手入れということに少し心を動かされてぼくは訊いてみた。耕さんはいっとき思案するような目でぼくの姿を上から下まで見つめた。それから、

「ま、ほんでゃ行ってみっか」

と、いちまつの不安とも喜びともつかぬ複雑な笑顔を見せて言った。この間中の耕さんは、どこかに出かけるとき必ずぼくにも声をかけてくれた。ぼくを一人にするとまた馬鹿なことを仕出かすのではないかという懸念があったからだ。

近ごろのぼくにはそんな心配がなくなったらしい。事実ぼくは、自分でもそうと意識できるほど安定した精神状態を取り戻していた。耕さんの懸念は、何の装備も持たないぼくを心配してのものだ。着の身着のままのぼくは、そのままの恰好でスニーカーを履くと、後に従

った。

出がけに耕さんは、

「ほんでゃ、ロープも持って行くべが」

と言って壁にぶら下がっているロープを顔で差し示した。ぼくは輪に束ねてあるロープを取ると、腕を通して肩にかけた。

手入れをする山は、耕さんの家から北の峠に向かって軽トラで十分足らずの場所だった。耕さんは舗装道路の西側にある車溜まりに軽トラを停めると、荷台からチェーンソーを下ろして肩に担いだ。そこから西側の短い斜面を下って小さな川を渡ると間もなく沢水が流れ込んでいる場所に出た。その沢口から谷川に沿って奥に走っている細い林道を少し歩くと耕さんは立ち止まって言った。

「さっきの小川から上ど、この沢がら西側が角屋敷の山なんだや」

なんのことはない、小川を渡った瞬間からぼくたちは目的地に着いていたのだった。

どうやら今日の作業は、角屋敷というところの森林整備の仕事らしかった。

林道の右側は一帯が杉林で、足を踏み入れると杉の葉の腐食層が、紅葉樹林とは一味違った弾力性の感触を足の裏に伝えてくる。それと同時に湿っぽい黴《かび》のような匂いが鼻腔に入り込んできた。

「今日の主な作業は、木に絡まっている、藤のツルを切る仕事だ」

杉林に入って間もなく、耕さんはそう言って上を見上げた。

藤のツルは地面を横に這い幾重にも枝を伸ばして杉の木に絡みついていた。絡みついたツルはまた木の頂上付近でさらに枝を広げて他の木にも絡みつき、杉林の天井付近を我が物顔に浸蝕しているのだった。

耕さんはチェンソーやロープを地面に置くと、藤のツルを目で追ってその地面から這い出している根っこの辺りを短い鋸で切り離した。

「お前《みや》さんもやってみるが」

手持無沙汰にただつっ立っているだけのぼくを見かねたようにそう言うと、自分の使っていた鋸をのべてよこした。自分はどうするのかと思っていると、持ってきた手斧で造作もなく藤を伐った。

「藤のツルは柔らかいもんでな。簡単に伐れるもんさ」

ぼくも見様見真似で近くに生えているペットボトル大の太さの藤を伐った。

「藤っつうのは生命力が強くてな。こうやってなんぼ伐ってもすぐまた根っこが生えでくるもんさ。構わねえで置くど、養分は取られるし上さ繁殖して陽の光は遮られるしでな、木がさっぱり太ぐなれないのさ」

作業をしながら、藤を伐る意味を解説してくれた。

「此処はこれまでにも何回が間伐をしてきた山だがらな。木あ、いい塩梅に肥えでいるな。ほんでも何本が伐って置ぐどするがあ」

耕さんは、いっときこずえ付近を見上げながら辺りをうろついていたが、やがて見当をつけたように一本の杉の木に手をあてがってぽんぽんと叩いた。他の木と較べると明らかに痩せた細い木で、見上げると藤のツルが一番多く絡みついており、周囲の木と煩瑣に枝を交差させている。

「其処さ倒すがら、危ないがらこっちさ来てろ」

辺りを見回してから倒す方向を定めたらしく、そう言った。やがてチェーンソーを回しておもむろに木の根近くに回転する歯を近づけた。たちまち森林の静寂を切り裂くようなキューンという音が林を揺るがせた。

初めに倒す方角に水平に切り込みを入れると次に同じ個所に、少し上から斜めに切り込みを入れ、三角片を伐り出した。それから背後からチェーンソーを入れると杉の巨木はバキバキ、バサーンという凄まじい音をたててものの五分もたたぬうちに予定の場所に倒れた。枝ぶりや辺りの状況を見て、自分の倒したいと思う方向に木を倒す。この作業中の耕さんは、古稀を過ぎた人とは思えぬほど敏捷で精力的な動きをみせた。じつにあざやかな腕前だった。

「凄いですね。じつに見事ですね」

ぼくは畏敬の念を籠めてそう言った。

そこには、ぼくのような都会で暮らしてきた軟弱な人間の心を打ちのめすような、荒々しく野性的な逞《たくま》しさがあった。

「これはぁ、おれの本職だがらな」

「えっ」

「おれは元々、木挽《こび》ぎだがらな……秋田辺りでは杣人《そまびと》なんて呼ばれでいるらしいがな」

つまり木こりのことか。なるほど、耕さんは元は木こりだったわけか。

ぼくは耕さんの家の土間の壁に、様々な形状の鋸がいくつも掛けてある理由が初めて分かったような気がした。

耕さんは伐採した木の枝を払ってから、一メートルぐらいの長さに切り分けた。それから枝の太いものを二、三本下に敷くとその上に切り分けた杉の木を積み重ねた。

「どうするんですか」と聞くと、

「なに乾いだら家さ運んで、冬の焚き木にすんのさ」

と言った。

「角屋敷のですか」

「角屋敷では、暖房はぜんぶ石油どペレットだ。このまま山ぁ乱しっ放しにも出来ながんべやぁ。片付げでやってんのよ」

と笑った。

東の沢に抜けるころには焚き木の山が幾つも出来ていた。いつの間にかぼくたちは、林に入った処より、かなり上の方に来ていたことが分かった。したがって沢もかなりの上流であったがそこは落ち込みのある小さな滝壺のある場所で、石ころだらけの河床を清流な水が流れていた。

ぼくは餓えたように流れに飛びつくと、タオルを絞って顔や首筋の汗をぬぐった。源流が近いに違いない谷川の水は、冷たく清浄な薫りを放っているようで、身体にも精神にも冴え冴えしい息吹きを吹き込んでくれるように思えた。

爽快な気分で何気なく川面に目をやったぼくの視神経に、ふっと触るものがあった。もう一度、今度は目を凝らして見ると、木漏れ日がにぶく差し込む、青みがかって浅い淀みの底に、ぼおっと煙るように見えているものがある。さほどの関心もなく、おおかた朽ちて沈んだ倒木か何かであろうといい加減な見当をつけて目を逸らそうとした矢先だった。

「ゴンべやーい」

ふいに耕さんが、ぼくの肩越しに奇妙な叫びのような声を発した。いったい何事かと訝る目線をそっちに向けようとしたとき、ぼくの視界の端っこでくだんの朽木のようなものが、川底でゆらりと揺れ動いた。

「な、なんですか、あれは」

何かとてつもなく不気味なものが蠢いているという驚きがあった。すると、

「サンショウウオだべ」

耕さんが、いくぶん得意そうに言った。

それは尻尾を入れるとゆうに一メートルは超すのではないかと思われる体長の、巨大な両生類だった。山椒魚は、水面の揺らぎで茶色とも暗褐色とも定まらない肌の全体に黒い斑紋を浮き立たせて、ゆらりゆらりと緩慢な動作で下流に移動する様子だった。明らかに耕さんの呼び声に反応した動きだ。

「こいづはぁ元来が深間は好みでない奴だがら、浅瀬さ移動すっとごだべ」

「それにしても大きい」

「ここいら辺りでは滅多に見られない種類らしくってな。何がの弾みで、こんたな処さ棲みづいだもんだが……」

耕さんは、いく分得意そうな気配で言った。ぼくはしばらく、うっとりとしてそいつに見とれていた。

「先ほど、ゴンベと呼びましたね」

「んだ。これほどでっかいのにお目にかがるのは珍しいがんな。名前ぐらい付けでやんべど思ってな」

動物に名前を付けるのは、耕さんの趣味のようだ。

「ぜったい耕さんに慣れていますね。餌付けでもしたんですか」

そいつが耕さんの呼びかけに反応するようにして身体を動かしたことを、思い出しながら聞いた。

「こいづは、夜間に小魚を捕食して食う性質《たち》のものだから、とくに餌付けなんかいらないんだ。なに元来が気のいい奴だがら、何回も姿を見せで、危険のない者だっつう事を分がらせれば、こうやって気安ぐ出て来るようになるのっさ」

ことなげに言った。

六

耕さんの家に世話になってからひと月ほど経つうちに耕さんの、およその生計の内容が分かってきた。耕さんは二枚の田んぼと一反ほどの畑、そして二町歩の山を持っている。だがそれらの私産は自給の役にはたっても、ほとんど現金収入には結びついていないようだった。

現金収入は月数万円にしかならない農業者年金が定収で、ほかには弥砢《やら》良治《りょうじ》さんという耕さんの弟子のような人と組んでの、自称アルバイトと呼ぶ山仕事だった。これはアルバイトというより耕さんの元々の本業なのだが、林業が廃《すた》れてごく稀にしか仕事が無くなってしまったので、今ではアルバイトの範疇に格下げになったというもののようだ。

したがって現金収入だけ見るなら極貧と言っていい世帯であるに違いない。それにもかかわらず、どこか余裕が感じられるのは、米作や野菜や鶏卵、熱源の半分以上を賄う焚き木など、ほとんど自給といっていい生活と、春先のワラビや秋にはキノコも採るらしいし、僅かの季節の農産物をスーパーと直売に持ち込んで僅かの現金を得ることなどのためだ。

決して楽な暮らしとはいえないが、そんなことで、そこそこ暮らしは成り立っているようだった。

自給自足の中でもとくに養鶏は、欠くべからざるものだった。以前は百羽以上も飼育していて家業の重要な一翼であった養鶏が今は二十羽足らずになり、とても現金収入にはならなかったがそれでも毎日生む卵は、食卓には欠かせない存在だった。耕さんの解説に因ればイタリアが原産でアメリカで品種改良されたというこの白色レグホーンは、一羽が年間に二百個から三百個の卵を生む。金にはならないが独り暮らしの賄いには多すぎた。そのため十個詰めのポリ容器に入れられて殆どが耕さんの家に出入りする人たちに分けられ、鳴瀬家の贈答品の役割を果たしていた。

そんなわけで決して楽な暮らしではないが、家構えをみると昔はいい時もあったらしいことが偲ばれる。

耕さんは山里の暮らしの厳しさを振り返るように、よく昔話をした。炭焼きの経験はそういった話のひとつだった。耕さんの両親がまだ健在だったころの話で、耕さんは農業だけでは食えなくて両親と一緒になったばかりの嫁さんの四人で、自分の山や或いは県有林などで炭焼きをした時期があったという。

「毎年、雪っこぁ降って山が白ぐなっと、炭焼きを始めだもんだった」

そんな風に語り始めた。耕さんによれば戦前から戦後にかけて、炭焼きは山間農民にとって大きな副業だったという。

「秋の取入れを早々ど仕舞ってがら、まずひと窯温《あ》っためるのが恒例だったな。おら家では、おれが生まれる前がら親父どおふぐろは二人で、あらがだ二十年は炭焼ぎを続げで来たった風で、けっこう良い炭を焼いだもんだった」

ひと息ついてから、

「ナラの木を四つ割りにして焼いだものを特級がら三級、原木が細くて割れない物をナラ丸、雑丸どランク付けされるんだども、親父の焼ぐ炭はたいがい特急が一級だった」

誇らしそうに語った。

当時は今よりも雪が多く寒かったという。耕さんは小学校を終わってすぐから両親を手伝って炭俵二俵を背負い、ふらふらしながら荷運びをしたという。

「ゆんづげ（藁で編んだ雪靴）履いでな。雪の山道を二時間もかがって運んだんだ。寒さなんか気になんねがったな。むしろ汗が出てくるんだや。なにしろ今みだいに軽トラもながんべし立派な道路もない。ぜんぶ人力でやらねばなんねえ時代だったものや」

女性は縄をない、炭すご（炭俵）を編む。もちろん窯の出し入れにも協力する。一家そろって働いて、炭の需要がなくなってきた昭和四十五、六年ぐらいまでやったらしい。

「たいへんな重労働だったべども、ほんでも家族がなんとが食ってはいげだんだ。今はほとんど山では食っていぐごどはでぎながんべえ。んだがら若い者は、みんな都会さ出はって行ってしまうんだべさ」

湯飲みの〈浜千鳥〉を一口啜ってから、しんみりと、

「嫁さ来たばりの嬶ぁさ、ずいぶん苦労を掛げだ。んだどもあいづは、ひと言も愚痴をこぼしたごどはながった。美人では無がったども、気持ちのいいおなごだった……」

懐かしそうに目を潤ませて語った。

耕さんの昔話は、終いはたいがい亡くなった奥さんの回想になった。

ぼくと耕さんの会話は、時どき討論に発展するようなことがあった。討論とはいっても酒を飲みながらの談論で、たいがいはぼくが難詰するように突っ込むのに対して耕さんが弾き返すというのではなく、ぬらりと一旦懐に引き込みながら、しかし最後には明解な論旨で詳解するといった体のものだった。

あるとき被災地の復興のあり方について耕さんが、批判がましい意見を述べたことがあった。

「大船渡市も陸前高田市も、震災前がら過疎は進んでいで商店街は寂れで居だったべえ。元のシャッター通りをただ復元するだけの復興だら、あんまり意味がないなぁど思うがな」

その言葉に何故か腹がたって、ぼくは言った。

「それでは耕さんは、どういった復興が良かったと思うんですか」

「いやいや別に批判している訳ではねえ。ただこれがらの高田市はいったい何で飯を食っていったらいいのがど、少し心配になってな」

「だからどうやったら飯が食えると言うんですか」

「被災地は何処も、五十年先、百年先の過疎がいっぺんに襲って来たようなもんだべえ。市長だの議会だのでは、震災の前がら観光さ力入れで、何とか他所がら人を呼び込みだいど思ってきたはずだ。んだども今の、海の見えなぐなってしまった三陸の街に、何の魅力があんのがなあど思ってな」

「それでは、どうやれば人を呼び込めるんですか」

自らも圧迫を受けている防波堤のこともあってか、余計嵩を増す怒りからぼくは、つい露わな言い方になっている。

「ただ気の毒だ、可哀そうだだげではやっぱり傍観者の発想になってしまうべ。おれはこの際、前よりも魅力のある町に、マイナスをプラスに逆転するような発想が要るんでねえがど思ってだったのさ」

「だから、どうやれば」

「あははは、これはまったぐ夢想みだいな話っこだどもな。こんたな事を考えで見だったのさ」

　ぼくの腹立ちは気にも止めていないように続けた。

「今までのような防波堤では、津波は防げないべや。なにせ何万トンづう水圧がかがる訳だべえ。高げれば高い分だげ、大ぎい水圧がかがるべや。それがこんどの震災の教訓ではないのが」

「……」

「学者ではないがら自己流の、聞き覚えの知識だげで語るんだどもな」

　と、前置きをして語った耕さんの話は、要約すれば以下のようなことだった。

　こんどの津波でもっとも被害の少なかった例のひとつに、宮城県の松島がある。海岸に居並ぶ土産物店が流されずに床上ぐらいの被害で済んだのは、湾の入り口付近に浮かぶ沢山の島のおかげだったと言われる。島を幾重にも回流して来ることに因って、波の勢いが削がれていくからだ。

　また陸前高田市や大船渡市の罹災現場を見ると、鉄筋コンクリートの堅ろうな建物は残っている。もちろん内部は滅茶滅茶に破壊されているのだが、土台は揺るがず建物の形状はそのまま残っている。波を防ぐ目的で作られた防波堤が倒壊しているにもかかわらずである。これは防波堤が波の力を真っ向から受け止めるのに対して、建物は両側に波を回流させたり窓が破壊されることによってその力を削ぐからであると思われる。

「気に障ったら勘弁してもらいだいんだが、悪い言い方がも知れないが震災は、普段だったら絶対に出来ない、まったぐ新しい街を造る千載一遇のチャンスでもあったんじゃないがど思ってな」

耕さんは陸前高田市の場合は、今は災害危険区域として民家が建てられなくなったあの広い平野部に、コンクリートの防波堤ではなぐ、波打際から入れ違いに何層もの堅ろうな小山を築いたらいいと言った。そうして波の勢いをさらに削ぐために、中に幾つもの池や運河や水路などを掘る。

小山にはタブノキなどの沢山の塩害に強い樹木を植えて、上は観光用の展望台と、むろんいざというときの非難場所にもなるような設計にする。そしてそれらの小山や運河や空いたスペースを活用して、天下に二つとない独創的な海浜公園のような街を造るのだという。

「松島どベニスを併せだような街にすんのよ。なにせ高田は海抜ゼロだべや」

「へーええー……」

「浜をコンクリートで固めでしまうのではなくて、先々《さき》自然礁が形成される余地を残しておぐ訳だな」

高田市はカキやホタテ、ワカメなどの海の幸に恵まれたところである。海浜公園とそれらの特産物を巧く組み合わせれば、一大観光名所になるのではないか。

「何処の町でもマスコットキャラなんぞどいうものをこさえだりして、知名度を上げべってやっきどなってる風だども、幸が不幸が、こんどの震災で陸前高田市の名前は天下に轟いでしまった。この町が独創的な町作りをしているどなったら全国がら、いや世界中がら観光客が集まるのではないべがな」

耕さんは目を輝かせてそう語った。いつの間にかぼくは、耕さんの話にうっとりと聞き入ってしまっている自分に気がついて、あわてて首を振った。

当時の陸前高田市は町が壊滅して市役所の機能が失われてしまっていたのだ。そのため初めの頃は、外からの支援も誰に連絡し何処から手を付けていいか分からない状態だったのだ。

何十人もの市職員が亡くなり、避難場所さえ確保できない状況の中で、生き残った市職員たちは大勢の被災者のために寝る場所と食料と最小限の日用品を確保するのに懸命だったのだ。市役所や消防署や警察や病院や学校など最小限の機能を回復するのにしばらくの時間が必要だった。

耕さんの言うとおりたしかに今になって考えると、新しい町を作る千載一遇の機会だったといえなくもない。だが、あれやこれやでてんてこ舞いしているうちに防波堤などの大がかりな復興事業の概要は、いつの間にか国のほうで決まってしまっていたというのが実情なのだ。あの時は、海の景観がどうの観光がどうのと考えられる余裕なんかなかったのだ。

耕さんのような風雅な妄想を巡らせているゆとりなど、とても無かった。耕さんの話は確かに魅力的だが、所詮は震災に遭わない人間の世迷言のような話だ。

「震災が起ぎだのが、東北だがら良かったっつう復興大臣が居だったっけが、その程度の認識なんだべえ、上の人間だぢは」

ぼくの気持ちに斟酌するつもりはないかのように、耕さんは最後にそう言って話を締めくくった。

七

ぼくの気分障害はうつ病の範疇のものだ。医者にもそう診断され、しばらく薬ももらっていた。だが耕さんの家に厄介になって二カ月が過ぎたころ、自分の持病がだいぶ快方に向かっているのではないかと思えるようになっていた。

不安や焦燥や悲哀や苦悶、あるいは絶望感といったうつ病の諸症状が、あまり感じられなくなっているからだ。もっともそれは、いきなり肌触りの違う環境に放り込まれたことから現出した、一時的なスイートスポットのような事かも知れない。でなければ自分の感情が、次々とくり広げられる新しい事象への対応に追われて、病状にいちいち感傷的に付き合っている暇《いとま》がないというだけのことなのかも知れない。

例えばいきなり水中に投げ入れたり、冷たい滝に打たれたり、あるいは頭部に電気を通すといったようなショック療法が、今日のような精神治療薬が出来る以前には確かに精神的疾患の有効な治療の方法であった。或いはそうした範疇のものかも知れない。

実はぼくのうつ病は震災以前からのもので、逆にぼくをそんな状況から引きずりだしてくれたものが震災によるショックだと見るのは、あながち穿った思いだけではないだろう。

それにしてもこの上もない絶望の淵に立ち自死にまで追い込まれた自分が、その後さほどの煩悶もなく、こうして山里の他人の家に居すわったまま、そこの人々に馴染んでさえ居るようなのはどういうことなのだろう。これも自死の失敗というショックに依る、ある種の精神の解放によるものなのだろうか。

ともあれそうした病状を意識せずして日常を送れているというのは悪いことではない。精神への負担がそれだけ軽減されているということだからだ。

それに耕さんの周辺には密かにだが時どき、「ああ、自分はこのような場所に来たかったのだ」と思える瞬間が確かにあったのだ。

例えば耕さんのさもない日常の会話にさえ、癒されていると思える瞬間がある。

「七十を過ぎだころがらだべがなあ、何だがようやぐ世の中が分かってきたような気がして、これまで気にも留めながったさもないものに、ひどぐ愛着を覚えるようになってきてな。なんつうのが、こったな蕗の煮つけひとつでひや酒飲むような事も、無常に有り難ぐ嬉しいごどに思えできてなぁ。命も残りが少なぐなってきたもんで、何さもかんさも、未練がましぐなってるのがも知れないな」

ごんべえとでも呼んだ方が似つかわしいこの老人が、鳴瀬耕という映画俳優もどきの小洒落ちた響きの名前だと知ったときは少し意外な感じがした。だがよく考えてみれば鳴瀬というのは、谷川の響きが一日中聞こえるこの谷間に父祖の代から集落を構えてきた一族としてはむしろふさわしいものかも知れないし、そこの僅かの平地を耕す男としての名前だと見れば、納得がいかないこともない。

ぼくには、そうは思いたくないが、もともと自閉症気味なところがあったのだ。だがここは、そうした傾向の治療に役立つ環境ではないのか。どういう医学的な根拠があるわけではないが、ぼくの本能が強くそう告げている。

耕さんにぼくの心の治癒に役立ちそうなことに誘われたのは、そんなある日のことだった。七月も中旬に差しかかろうかという時で、熱せられた大気が谷間に淀んだまま動く気配をみせない暑い日だった。間もなく夕刻になろうかという時分に耕さんが、

「涼みがてら、手慰みでもすっか」と言った。

何のことかと訝るぼくの返事も待たずに耕さんは、土間の端の収納棚から篠竹細工の釣り竿を二本取り出した。一本をぼくに伸べてから竹籠の魚籠《びく》のようなものを持った。

坂を下ってから家の前を流れている川を遡上するぐあいに、沢沿いの道を北に向かって歩いて行った。遅れまいとぼくも後を追う。

谷間にしぶき雨のように鳴り響いていた蝉の鳴き声が、ぼくたちの行く先だけ一時的に静

かになった。

「この川は何という川ですか」

「土地のものはただ土地の名前を付けで、昔っから荷切川《にっきりがわ》と呼ばってるどもな」

歩きながらさらに、

「この川は遠野境の蕨峠《わらびとうげ》から湧き出る水だべし、これが下さ行って五葉山系から流れでくる有住川さ流れ込み、下の川口で種山から来る大股川ど合流して気仙川どなるんだべさ」

「なるほど」

「んだがら時どき、ぶん間違って、秋になっとそごのすぐ下まで鮭が上がって来るようなごどがあんのさ」

間もなく川が緩やかに分岐する場所に出ると、河原に下りた。そこから片一方の山間に流れる細い道に分け入った。

耕さんは垂れ下がる落葉高木の枝をうるさそうに片手で払いながら進んだ。

ほどなく川にせり出ている大きな岩を越えると、

「此処なんだや」と言って歩みを止めた。

そこは傾斜地の細くて急な流れが、段差によってちょっとした平地を形成しているような個所で、落ち込みの下には他の三倍ぐらい広くなった淵が形成されている。

「これより上では滅多に釣れないものや。ごいら辺りが、アユがのぼってくる最終地点なんだがも知れないな」

「それにしては、ずいぶんいそうですね」

谷の上の狭い空から差してくる、ビームのような光を乱反射して、川面は銀や黄やチェリーレッドの色を複雑に交差させて、にぶい耀きを放っている。

「こごは気仙川のほぼ源流部だがらアユ釣り等《ど》も、まさがこんな処までアユが上って来てるどは思わながんべえ。ほんとの穴場っつうどごだべ」

耕さんの言葉につられて透かし見るように水中に目を凝らすと確かにアユが、細長い葉裏のようなセラドンの背中を見せてさかんに泳ぎまわっている。

「いるいる、うわあ。こんなところにこれだけ居るってことは、気仙川のアユが足りなくなりゃしませんか」

「そったなごどはぁながんべえ。気仙川全体さ遡上してくるアユ全部の数がら見たらば、ここまで来てんのは、ほんの僅がだべえ」

ぼくの間抜けなセリフに耕さんは、真顔で応えた。

「それにしてもいっぱい居ますね。こればかりの川だったら、網を張ったら一網打尽に出来るんじゃありませんか」

「いやあ、そんな気はさらさら無いな。そんな真似をして、アユが来なぐなっつど淋しいがらな。こうやって釣りをする楽しみが、無ぐなってしまうがらな」

ぼくの立て続けに発する意味のない言葉に、耕さんはいちいちとりあってくれる。

どぶ釣りの仕掛けはいたって簡単で、細い針金で出来た片てんびんに錘《おもり》と毛ばりを結わい付けて、ただ水中に垂らすだけだ。

耕さんが岸辺の砂利場に足を踏み出して釣り糸を垂れ、すぐに一匹釣り上げた。

岸辺でぶるんと竿を一振りすると、アユは造作もなく草原にほろげ落ちた。

二十センチは有りそうな大型のアユで、腹部にレモンイエローの帯がぼかしのように走っている。アユは草の上で飛び回り、今にも川に落ちそうなところまで跳ねて行った。

ぼくは慌ててアユを掴み、流れに浸しておいた魚籠に入れた。

それからぼくも篠竹の竿を操って糸を淀みに放り込んだ。ほどなく耕さんの竿に、再び引きがあった。

耕さんはしばし竿を立ててぴんと糸を張らせ、いっとき水中でアユを泳がせておいてから、アユが疲れて泳ぎが鈍ってきた頃合いを測って慎重に引き上げた。先ほどのものより二、三センチぐらい大きそうなアユだった。

やがてぼくの竿にも引きがきた。引きあげようと格闘しているところへ耕さんの声がかかった。

「いぎなり引がない方がいいぞ。口が切れで逃がしてしまうがらな」

竿の弾力と糸を引く力とのバランスにはデリケートな感覚が要った。そのうちごつんという手ごたえがしたと思うと、ふっと弾力が消えた。

ぼくの竿の先端がぴんと元にもどったのを見て耕さんが言った。

「底さぶつけでしまったな。岩だの底さぶつけないように泳がせんのがこつなんだ。アユ針には返しが無いがらな。衝撃を与えるどすぐ外れでしまうんだ」

二度ばかり逃げられたあと、ぼくもこつを呑み込んで五匹ほどを釣り上げた。その間に耕さんは十五、六匹のアユを釣り上げている。中に二匹ばかり大型のヤマメも混じっていた。竿を畳んだのは、山の端から差し込む光が、消えかかったころだった。

「面白かった。まるで生簀で釣るようなもんですね」

掌《てのひら》に未だ残っているアユの感覚に恍惚となりながら言った。

「アユ竿は先が細くてしなやかだがら、小物でもけっこう引ぎがあってな。釣り上げるまでにはちょっとした格闘が必要でさあ。この狭い川の中で暴れ回って逃げようどする力には、魚の尋常でない気配を感じるんだなあ。こんな小魚が、死ぬ前に強烈な自己主張をしたど思うどな、何だが心の中に密《ひそ》やかなさざ波がたづ思いがするんだ」

耕さんは相変わらず理屈っぽいことを言った。

「山奥に、こんな胸のすくような楽しみがあったとは思わなかった」

その晩は新鮮なアユの塩焼きで、楽しい夕餉となった。酔いが回ってくると耕さんは例によって自慢話のように自分の郷土の話をした。

「こんたな処でも昔は戦争があったようでな。すぐそごに外舘《とだて》城っつう城っこがあってな。蕨《わらび》峠の向ごうは南部藩の遠野だべえ。こっちは伊達だ。あっちがら峠を越えでしょっちゅう攻めできて、此処いらはたびたび戦場《いくさば》になったようだ」

耕さんはまるで外に居るかのように、部屋の一角を指さしながら語った。

「あそごの山っこの辺りに万福寺っつう寺があってな。その裏山に今でも土塁なんかの城の跡が残ってんだや」

高さ五百メートルぐらいの、山というよりは丘という方がふさわしいような地瘤のあるところだった。それから、

「そごの平沢の二又路の田んぼの辺りにな」とただの田んぼを取り上げると、

「荷切の番所があって、遠野どの人馬の往来だの、まだ南部の間者の侵入に備えだっつうごった」と言った。

ぼくは先だって山に登りながら耕さんが言った言葉を思い出していた。山に分け入りながら耕さんは北西の峰の辺りを指さしてこう言ったのだ。

「あの山は貞任山どいってな、衣川の戦いで源義家に敗れだ安倍貞任が逃れで来て、あそごいらに陣を敷いで、柵を築いだ処から付けられだ名前だっつうことだ」

耕さんの土地自慢がぼくには、なにかいじましく思えた。どこを探したって歴史の表舞台

で脚光を浴びるような事跡など見当たらない僻地であるにもかかわらず、兎の毛のような事がらを大仰に取り上げては、何かの資にしようとしているようにしか聞こえなかった。

後になってからだが、それは地方を蔑視する自分の捻くれた気持ちに過ぎないということが分かった。人間の住むところには何処にも、それなりの歴史は刻まれているのだ。その土地に住む人にとってその土地の歴史は、自分の源流と関わりがあるかもしれない、大いに重要なものであるに違いない。やがて話はいつものように震災のことに及んでいった。震災からこのかた、人が三人寄れば必ずと言っていいほど震災の話になる。それは七年経ったいまでも変わっていなかった。

「べつに復興に水を差すつもりはないどもな。過疎は、震災の前から進んでいだ訳だがらな。この村でもあと十年もたてば、世帯数が半分以下になってしまうべよ。田舎は日本全国、何処も似たような状況のようだがら、町作りだの村起ごしだのって力んでみだどごろで、根本的な解決にはならないべって、おれは密がに心配してんのさ」

「何が悪いんですかね。町長ですか」

「町長だの市長だの地方議員だののレベルで、どうにがなるような問題ではぁ、ながんべよ。あえで言えば、政府ど、あどはあ資本主義の宿命のようなもんだべや」

ぼくは無知な質問をした自分を恥じた。

八

七月の中旬だった。午前中に上の畑でトマトとキュウリといんげんなど若干の野菜の取入れをした。いずれの野菜も三月から四月にかけて植えたものだと耕さんは言った。露地もののトマトとキュウリは新鮮で青臭い懐かしいような匂いを放っており、陽当たりのいい緩やかな傾斜地の畑は、ぼくの淀んだ心に、何がしかの浄化作用を及ぼしているように思えた。

坂を上がってくる車の音を聞いたのはその時だ。

「誰が来たようだな」

エンジンの音が止まり、ドアを閉める音が聞こえてから耕さんが言った。

ちょうど取入れも終わったところだったので、笊に入れた野菜を持って下に降りて行くと、家の庭にスバルの軽自動車が停まっていた。家に入ると中年と呼ぶには未だ憚られる年頃の女の人と、小学生ぐらいの男の子が土間に立っていた。

「圭祐《けいすけ》がぁ！　もうは、夏休みになったてがぁ！」

耕さんが嬉しさを隠そうともせずに歓待の声を発した。耕さんの娘さんと孫だと直感で悟った。

「夏休みには未だ四、五日早いけど、もうは家を出はってきた」

女の人が代わりに応えた。どこか捨て鉢な言い方に聞こえた。

「出はって来たってばよ」

「別れて来た。こんどは本当。もう帰らないから」

さばさばした言い方だったが、耕さんはいっとき言葉を失ったように黙った。ぼくの顔を見て、恥を曝したというように笑った娘さんの顔に、えくぼが悲しそうに穿たれた。

耕さんは少ししてから、「そうが」とだけ言うと、不憫そうに圭祐という孫の頭を撫でた。ぼくはその場からそっと立ち去ると家の中に入り、静かに自分の塒に与えられている部屋に引っ込んだ。親子の入り組んだ話の場に、他人はいない方がいいだろうと思ったからだ。

部屋に引っ込んで、開け放した縁側から手持無沙汰に裏庭を眺めていると、ふっと背後に人の気配を感じた。振り返ると坊主頭の子どもが、襖に手をかけてこっちを見ている。娘さんと一緒に来た男の子だった。

どういう言葉をかけていいのか分からず黙って彼の顔を眺めた。複雑な状況にいるらしいとの忖度があったにしろ、笑顔ひとつ見せられないというのは、そのまま今の自分の余裕の無さを物語っている。すると男の子が、

「ここは、ぼくの部屋なはずなんですけど」

と、途方にくれたような顔で言った。

ぼくはいっとき戸惑った。同時に壁に貼ってある「星座早見表」だとか、「森の微生物」などの図表の意味がそのとき瞬時に理解できた。

「祖父ちゃんに、此処はお前の部屋だからと言われているんですけど」

ぼくの顔をみながらそう言った。部屋の隅に積み重ねてあるぼくの布団を見て、ある程度の事情を察したものらしかった。非難しているというよりは戸惑っている言い方だった。男の子は明瞭な標準語を話した。もっとも今どきの子どもで、方言を話す子はこの辺りでも珍しい。

「そうかい。べつに君の部屋に居すわるつもりはないから、心配しなくてもいいよ。ぼくはただ、いっとき居させてもらっているだけだから」

自分のしがない境遇に気づかされて、それだけ言うのが精いっぱいだった。

男の子は部屋に入ってくると、壁の張り紙を愛おしそうに手で撫でたりしている。それから向き直って指でまさぐるような目で、あらたまってぼくを見た。

明らかにぼくと交流を持ちたがっている態度だ。

「耕さんの、お孫さんなの？」

ぼくが聞くと、無言でうなずいた。

「きみは何年生なの」

「四年生ですけど、来年は十一歳で五年生になります」

少しでも上に見られたいようにそう言った。この年頃にはありがちな事だ。

「それはいったい何なの」

立ち上がって撫でている張り紙のことを聞いてみた。

そこにはポスター大の画用紙に、クレヨンでミミズやダニのような虫が沢山描いてあって、それぞれの絵の下にサインペンで名前が記してある。

「なんだろうこれは。有殻アメーバ、コウガイヒル、ウズムシ、ふんふん、線虫、ヒルガタワムシ、ワラジムシ、アリ、モグラ、コガネムシ幼虫、ジムカデ、トビムシ……」

声に出して読んでいるぼくの後ろで、

「まだまだたくさん居るんですよ。ぜんぶはとても描ききれないから描けるだけ書いたんです」

と言った。利口そうな、ものの言い方だった。

「ふんふん、それでこれは何の虫かな。森の微生物と書いてあるけど」

「山の土の中で生活している微生物ですよ。森の表面は腐植層という何層もの土に覆われているんです。一年で散り落ちる木の葉がひとつの層を作って、それが何十年分も重なっているんです。これらの微生物が木の葉や昆虫や動物の死骸を、森の土に変えるんです」

「なあるほど。こういった微生物がつまりは木の葉を腐らせるわけか」

「腐らせるというのは正確ではないですね。枯れ葉や倒木や動物の死骸などを無機物に還元すると言ってもらいたいですね」

小学四年生とは思えぬ難しい知識を披露された。

「へえー無機物ね、なるほど」

「そのほか様ざまな細菌や酵母、かびなどの活動も森の土を作る役に立っています。厚くて栄養の多い腐植土が、森林を生き生きと成育させるんです」

「あ、聞いたことがある。その森の栄養は雪溶け水に交じって川を下り海に流れ込んで、昆布やワカメやカキやホタテの栄養にもなるんだ。そんなことを、亡くなった親父から聞いたことがあるよ」

ぼくは突然父親と兄のことを思い出して、胸が熱くなった。

「そうなんです。このほか獣や昆虫なんかのおしっこや糞なんかも役にたつんです」

ぼくの気持ちにはまったく気づかずそう言った。

「そうなんだ」

「そうです。その排泄物《はいせつぶつ》を食べるために、沢山の微生物や菌が繁殖しますからね。ですから森は人間にとって、とても大切なものなんです」

「へえええ、排泄物なんてむずかしい言葉を知っているんだね。きみはなんか凄いなあ。とても小学生とは思えないなあ」

「いえ、去年の夏休みの研究で、祖父ちゃんから教えてもらったことを図鑑で調べて、ただ描いただけですから、たいしたことはありません」

「そうかあ、やはり耕さんか。でもそれにしても凄いよきみは。絵も上手だし」

理屈っぽいところはやはり耕さんゆずりだと思いながらもそう言った。少年は誉められたと思ったのか顔を赤らめて黙った。

「君の名前を聞いていなかったね」

「圭祐です。佐藤圭祐。間もなく鳴瀬に変わるかも知れませんが……」

終いの方は、元気のない声になった。

ぼくの気持ちに、この少年に対する些《いささ》かの興味が湧いていた。


その日の午後、畑で耕さんと二人だけになったとき、娘さんのことを聞いてみようと思ったた。だが耕さんの方から言ってきた。

「夫婦別れしてきた風だ。んだども佳乃《よしの》は、この前来たどぎは泣ぎながらいっぱい愚痴を喋ったっけが、今度は泣がないし愚痴も言わない。どうやら本気らしい」

耕さんは独り言のように静かに言った。ぼくはこの言葉を自分の経験に照らしてみた。

確かに泣いたり愚痴を言うのは、まだ未練があるからだ。そんな風にならないのは、耕さんの言うとおり、娘さんには夫にたいして、もはや未練がなくなったということなのだろう。

娘さんの名前は佐藤佳乃といった。悲しみを背負っているはずだったが、笑うと片頬にえくぼが刻まれる清々しい表情を見せた。住田町の役場に勤めていて、これまでは隣の大船渡から峠を越えて通って来ていたという。元々は耕さんの家から通っていたのだが、大船渡の今の御亭主と結婚してから大船渡に住むようになり、それでも勤めは辞めずにそのまま大船渡から住田に通い続けていたのだという。翌日から佳乃さんは再び実家である耕さんの家から通うことになった。

ぼくはにわかに賑やかになった耕さんの家に、自分がこのまま居すわり続けていていいのだろうかとしばし思い迷った。だが耕さんも佳乃さんも元々そうあるべきものとでもいうように自然な態度で、迷惑そうな様子は片りんも覗わせなかった。それでずるずると居続けている。

耕さんの近所に弥砢良治という変わった苗字の人が居た。耕さんの山仕事での弟子のような人で、歳は耕さんよりはひと回りぐらい下だった。この良治さんがしょっちゅう耕さんの家にやって来る。来るのはたいがい夕方で、来れば必ず耕さんが酒を振舞う。

実はそれが目当てでやってくるのだということが近ごろのぼくには分かっている。そのことを耕さんに話してみると、

「家では嬶《かが》ぁが怖くて飲めないんだ。あれは昔から、酒でよく失敗する男でな」

と言ってから、

「ほんでも、おれの前では、おどなしくていい酒飲みなんだ」

と庇うように付け足した。この日は夕方、しのぶさんがブリのかまをダイコンと煮付けた

ものを持ってきてくれた。しのぶさんはことのほか耕さんのことが気にかかるらしかった。帰るとき耕さんは習慣のようにしのぶさんに卵パックを二つ持たせてやった。

しのぶさんとちょうど入れ替わりのように良治さんが入って来た。入口ですれ違ったときしのぶさんが、

「ひゃっ！」と叫んだ。それから「すけべっ！」と言って良治さんを睨んだ。

良治さんはだらしなく顔を歪めて、えへらえへらと笑っている。どうやら良治さんは、すれ違いざま、しのぶさんの尻に触ったらしかった。

それから良治さんは何事もなかったかのように涼しい顔をして、まるで自分の家に帰ってきたように板場に上がって来た。

椅子に腰かけると、赤ら顔を歪めて耕さんに勧められた『浜千鳥』を啜りはじめた。

耕さんはよく谷川に近い湿地からセリを摘んできておひたしにしたり、葉ワサビを採って来て湯通ししたものを醤油に浸けたりして食卓にのぼせた。これら季節季節の野野菜《のやさい》は、その都度ぼくの五官の隅々に新鮮な刺激をもたらした。

この日はしのぶさんのブリ大根のほかに葉ワサビの醤油浸けとアユの粕漬けの焼いたものが良治さんに供された。

「佳乃ちゃん。一緒に居で面白ぐもない男だば、ちゃっちゃど別れだほうが何ぼがいいって。もうはぁ、ずうっと此処に居るんだ」

帰ってきた佳乃さんに、酒を嘗めながら機嫌をとるようなことを言った。やがて誰が誘導するという事もなく話は、いつものように震災のことになった。

「高田のごども大船渡のごども、住田の人間は一番心配してらったどもさ。なにせ村に残ってぃんのは大方が年寄りばんだべえ。力仕事は出来ねえべし、村中の米かき集めて両方の市さ分配したらば、あどはほどんと出来るごどがない。ほんで何やったがってえど、全国から支援に来るボランテアの世話をやったべさ。全国から駆けつけだ若い人だぢが住む処《ところ》も寝る処も無いでは、すぐに疲れでまいってしまう。ほんで塒《ねぐら》ど食い物を提供して、俺たぢに替わって頑張ってもらうべえってねや」

良治さんは明らかにぼくに聴かせる目的で喋っていた。すると耕さんも応じるように口を開いた。

「そればかりではない。住田ではあ、いぢ早く木造一戸建ての仮設住宅を百っ戸ばり建でで、高田だの大船渡の被災者さ無償で提供したべさ。これはあ暖《あった》がいし隣の声も聞こえないしで、ずいぶん喜ばれだようだったたな」

鋼板を多用したプレハブの仮設住宅が、冬になると冷えて部屋の中に結露が張ったり、隣に迷惑をかけまいとして息を潜めて暮らしていたなどという苦情は、仮設住宅のすぐ近くに住んでいたぼくも知っている。あの当時一戸建ての木造住宅なら、たしかに喜ばれたに違いない。

「したが県だの国の規則が邪魔をして、いぢいぢ許可を得なければならない。そったな事さずいぶん時間が掛がったらしいがな。間取りなんかももっと広ぐしたがったんだども、県の規則で出来ながったたって、町長の加多君がこぼしていだったな。いったい規則なんつうものは、ただ人の手足縛るためにあるようなもんだって」

耕さんは町長と知り合いのような口調だった。それから良治さんを指さして、

「こいづは、町長ど同級生だがんな」と言った。

「建設会社はもぢろん、プレカット工場がら製材所がら、住田の機能を総動員して掛がったらしがったたな。人口五千ばりのこんな小さな町で、百戸近くの木造住宅を短期間で作るのは、時間的にも財政的にもたいへんだったたべよ」

耕さんが続けて、太い指で大ぶりの湯飲みを慈しむように握りしめながら語った。

「そうだったんですか。ぼくは何も知らずに……」

言葉に詰まって口を引き結んだ。

ぼくは前に耕さんに、住田の人には被災地の人間の気持ちは分からないと言ったことを深く後悔していた。

いっときしんと間が空いた会話のすき間に、それまで黙って聞き耳をたてていた佳乃さんが加わってきた。

「町長は建物に塗装したりペンキを塗ったりすることを一切許さながったのよ。それは町長

が、住宅がその役割を終えたときに、潰してペレットに加工するという計画があったからなのよ。けっこう先まで考えてるわよあの人は」

佳乃さんの言葉は場の空気を中和させ、ぼくの気持ちを楽にさせてくれた。

ペレットというのは木くずを固めて作った固形燃料のことだ。山国である住田では、その特性を生かしてペレットストーブの普及に力を入れていると前にどこかで聞いたことがあった。

ぼくは住田という町に少し興味を抱き始めていた。

「ほんでも終いには、被災地の仮設ど同じように『みなし仮設』ど認定されで、入居した被災者には全員、赤十字から冷蔵庫だのテレビだの電子レンジだのを支給されだんでがすぺえ」

「ほんだったずな」

話の間合いをみて佳乃さんが口をはさんだ。

「震災の直後、私たちが陸前高田市に支援に入ったとき、いっとう最初に頼まれたものが何だか分かりますか」

いたずらそうな表情を浮かべて言った。

「分かりません。何でも必要だったんじゃないですか」

ぼくが言うと、

「そうなんだけど、でも差し迫ってすぐに必要なものとして、」

いたずらそうな表情は消え、深刻な顔つきになっている。誰もが無言で佳乃さんの顔を見つめた。

「それは死亡届け用紙なんです。それと火葬許可証も……なにしろ市庁舎がやられてしまって、原版もコピー機も何もない訳だから、現物をなるだけ沢山欲しいって」

佳乃さんはいっとき話を中断してぼくの顔をじっと見た。それから、

「私たちは胸を突かれて、すぐ住田役場に戻って死亡届けと火葬許可の用紙を山ほどコピーして届けたんです。普段なら仮に役所になくなっても県立高田病院とか警察署とかにあるんだけれども、病院も警察署も何にも無くなって、なにしろ街がそっくり破壊されてしまった訳だから……」

と、未だに冷めやらぬ悪夢を反すうしているように言った。

「高田ど大船渡では被害の規模が違うべえ。なにせ亡ぐなった人は高田は大船渡の四倍以上だづものなぁ……勢い住田の支援が、高田の方さ傾いでしまったのも、仕方ながったべものな」

耕さんが言うと、

「両方さ支援でぎればいがったべが、こんたな小さな町っこではぁ、精一杯のごどではながったんじゃないべがね」

良治さんがしみじみと言った。

ひとしきり震災の話になって、終わると山のことに話が移った。

「山の仕事はそんなに無くなっているんですか」

ぼくが聞くと、

「ほとんど無ぐなった。なにしろ伐った木を、山さ作業道路を付けだりケーブルを架げだりして出すづど、山主の手さば一銭も残らないのす。五十年もかげで育でで来たのにそったな塩梅だがら、仮に伐採したどしても、とってもその後さ植林する気になどなれないものす。誰かが儲げでいるには違いないんだが、山主の懐さばほどんと入らないのさ。んだがら山林農民はみんな貧乏してる訳よ。近ごろでは手入れさえ満足にやらなぐなったもんで、フジがずいぶん目立つようになってるなど思ってね。フジはなにしろ繁殖力が強いもんで、ツルが伸びで伸びで、スギの木さ絡まって、スギは太れなぐなって、そのうぢ枯れでしまうのっさ。ほんでも森林組合なんかだれば定期的に業者さ委託して、森林の手入れやってるよんたがね。昔は耕さんだのおれみだいな木挽きが、ぜんぶ請け負ってやったもんだったがねゃ。今はそんな人も居なぐなってしまったしねゃ」

良治さんが誰かに恨みごとを言うというのではない、しみじみと述懐するように言った。

九

夕方、庭の前にある丸太のベンチに腰を下ろして涼をとっていると、家の中から佳乃さんと圭祐くんが出てきた。佳乃さんは夕食後の食器や鍋を抱えて木桶のある洗い場に行った。圭祐くんがぼくの横にきて、ベンチには座らずに突っ立ったまま空を見上げた。

谷間の村から見上げる空は狭かったが、それでもけっこう星は見えている。

「北斗七星とおおぐまは兄弟みたいにいつも一緒にならんでいるんだけど、季節によって上になったり下になったりするんだよ。新沼さん知ってる？」

ふいに圭祐くんが、ぼくの知能の程度を試すように言った。

「いや、知らない」

「星座を知らないの」

「恥ずかしながら、さっぱり」

「それなら最初に、ペガサスとアンドロメダを覚えるといいよ。ほかの星座を探す目安になるからね」

圭祐くんは指でうろうろと星を捜していたが、

「駄目だ。空が狭くて、ここからは見えないや」

と言った。

「この子は、早くも星の博士になっているようです」

いつの間にか佳乃さんが来ていて、息子の知識を誇るように言った。それから、

「最近は素人の天体観測が、流行りのようですね。人によっては、これはこれで、森林を歩

くのと同じくらい爽快なものらしいですよ。眺めていると確かに気持ちの何処かに、何かの栄養を与えてくれているように思うわ」

と圭祐くんの知識を、有益なものにするように言った。

いっとき三人で星空を見つめていた。やがて、

「新沼さんも、震災でたいへんだったんですってね」

佳乃さんが隣に腰を下ろしながら屈託を感じさせない感じで聞いてきた。ぼくの事情をもっと知りたい様子だった。だが決して軽薄な穿鑿《せんさく》からというのではない。自分の父親とともに実家に寝起きして居る、得体のしれない男の素性を知りたいと思うのは、佳乃さんの立場ならごく当たり前のことだ。

ぼくはごく簡単に、しかし包み隠すことなく、震災で受けた被害と自死に失敗して耕さんに拾われて此処に至るまでの情況について話した。そして最後に、

「ぼくはうつ病に罹っており、時どきですが病院にも通っていたんです」

と打ち明けた。何故か佳乃さんに胸襟を開いて見せたい思いに駆られていた。

うつ病についてはぼくも心配で、病院に通うばかりではなく、これまで自分でもいくつかの本も読んでいる。

原因が定かでない場合を内因性うつ病、原因が分かっている場合を神経性うつ病と言って

いる。気分沈滞、不安、厭世、自己卑下感、決断実行の不能、抑制感、思考沈滞、などがうつの症状だ。ぼくの場合は主に午前中に憂鬱感がひどく、午後から夕方にかけて解放されるということを繰り返している。ほかに不眠、食欲不振、便秘などの症状もある。罪悪感や自殺志向というのも、うつの特徴のひとつなのだ。

「うつって診断されたのは何時ごろなの」

ひと通り話し終わってから佳乃さんはそう聞いた。

「再発してから一年以上になります」

「ふーん。それだと、そろそろ治る時期かもね」

ぼくの声に少し怪訝そうな気配が窺われたに違いない。佳乃さんはそれに応えるように言葉を捜しながら継いでいった。

「うつの人が死にたくなる時期って、罹り始めか、治る直前が多いって言われているのよ。一年以上も経っているなら、そろそろまた治る時期に近づいているのかも知れないわね」

「そう言われてみれば、去年は春になって良くなって、秋になってからまた不眠や抑うつ状態が出てきたんですが、ここに来てからはまだそういうことが有りません。もう秋ですが、まだ症状は出ていません」

「そう。もしかしたら、この山里の環境がいいのかも知れないわね」

「そう、そうかも知れません」

ぼくの顔に浮かんだ僅かな笑みが、暗やみでも見えるかのように佳乃さんは、顔を近づけてきた。背後からの家の光に浮かんだ佳乃さんの横顔が、柔らかな笑顔に包まれている。いっとき、心地よい沈黙があった。それから、

「シャワーを浴びるように周りの光景をよく眺めることね。その光景が美しいものなら、そしてそれを眺め続けることが心地の良いものであるなら、うつの心はきっと良くなっていくと思うわ」と言った。

「うつ病って、ほんとうに治るんですかね」

念を押すように聞くと佳乃さんは、

「治ります。環境が変わって治ったという症例もずいぶん聞いています」

と確信をもって答えた。

「どうして、そんなに詳しいんですか」ぼくが聞くと、

「わたし役場の保健課にいるの」と答えた。

「保健婦さんなんですか」

「今は、保健師というのよ」

それからぼくは耕さんにも話さなかったようなことを語り始めていた。佳乃さんの前では何でも話せるような気がした。

「実はぼくが人生にやる気を無くしていたのは、震災よりもっと前からだったんです」

ぼくは正直に話すときだと思って口を開いた。

「ぼくの病気は、震災前からだったんです。東京を引き払って田舎に帰ってきたのも、ひとつにはそうした症状が出てきていたからなんです」

「ぼくは東京の片すみにある無名の短期大学を卒業したんです」

短期大学にしたわけは、兄は高卒で親父の家業である漁業を手伝っていたし、二つ下の妹も大学に行きたがっていた。ぼくが四年生の大学に入ると妹と重なる時期が出るため家にたいへんな負担をかけることになるからだった。

卒業してみると学歴偏重の社会で男の短期大学卒という経歴は、実に中途半端で居心地が悪く、あまつさえどこか気恥ずかしく場合によっては肩身の狭い思いさえしなければならないしろものだった。

そのことが身に沁みて自覚されたのは就職活動を始めてからだった。希望する職種や安定的に見える職場は大方が大卒という条件がついていて、当然のことにそれは短大卒のことではなく、初めから学歴で門前払いをされているような状況があった。

最初に就職したのは外資系だという証券会社で、銀行と提携している『三ツ星』という有名な証券会社の系列だという触れ込みだった。『三ツ星』の系列にしては古びて細長い七階建ての貧相なビルで、しかも勤めて分かったことは自社ビルではなく、そこのワンフロアを借りているだけだった。

だが社長は東大卒の優秀な人物で、元大手の証券会社に勤めていた人だということだった。実際に働いてみるとパソコンに向かって証券取引をしているのは一部の上層部の人間だけで、自分たちのような新米を含めて大方の社員がやらされているのは、一般家庭を戸別訪問しながら証券を売り歩く仕事だった。

証券自体は確かに発行元が『三ツ星』となっている確かなもので、売り歩くことに気おくれがするようなことはなかったし、成功報酬も悪いものではなかった。

だがセールスというのは過酷なもので、訪問先の半数以上が留守か居てもドアさえ開けてもらえず、門前払いに遭うことの方が多かった。一日じゅう腿を突っ張らかして歩き回っても一件も契約をとれない日の方が多かった。思い余って先輩社員に相談すると、電話であらかじめ予約を取ってから尋ねる方が効率がいいかも知れないと教えてくれた。テレフォンルームは、上層部が取り引きをしているディーリングルームの隣にある六坪ぐらいの狭い部屋だった。その部屋の三方の壁に寄せてある長机の椅子に座って、顧客帖を広げて片っ端から電話をかけまくるのだ。いざ開始してみると電話で予約を取るというのは思ったほど簡単なことではなかった。渡された顧客帖は二十枚ぐらいのリストをホッチキスで止めた簡易なものので、すでにさんざん使い回されて角がめくれ上がった古いものだった。名前の前に▽や×印がついていたり、傍線が引いてあったりして、最初からやる気が失せる手垢にまみれたしろものだった。部屋を見回すと先輩たちが使っているのはいずれも下ろしたてのような真新しい名簿だった。

朝から夕方まで電話をかけまくって、訪問してもいいとの了承を取り付けたのは二軒だけだった。これだって契約にまで行きつけるかどうかの保証はまったくない。

これなら初めから面接できる訪問の方がいいのではないかとさえ思われた。

会社の事業の全貌が分かったような気がしたのは、勤めてから三カ月ほど経ってからのことだった。

「おまえ知っているか」

或る日、やはりセールスに駆けずり回っている先輩と二人で、居酒屋で飲んでいた時に彼が言った。リストで電話してみろと教えてくれた先輩だった。

「三ツ星の系列だなんて言っているがな。わが社は三ツ星とは何の関係もない、ただの個人商店なんだぜ。おれたちが駆けずり回って集めた金は、上層部の株や為替取り引きの原資に使われてるのさ」

酔いか義憤のためなのか分からない赤みを頬に浮かび上がらせながら、彼は言った。

「専務が朝礼のときおれたちに、勢い込んでハッパをかける日があるだろう。あれは前の日に取り引きで大損をして、尻に火がついているときなのさ」

「でもぼくたちが売っている証券は、間違いなく三ツ星が扱っているものなんでしょう」

「ああ、それはそうだ。その点は心配いらない。だが……それだって決して胸を張って威張れたしろものじゃない」

一呼吸置いてから目先を変えるように、

「いいか。我々のような貧乏人が、昔は手が出なかった車だの家なんかの高額な商品を買えるようになったのは何のためだ」

「……さあ」

「それはな。ローンが組めるからだろう。ローンというのはアメリカの頭のいいやつが考え出したシステムなんだ。ローンは貧乏人でも簡単に組むことが出来る。本当は支払い能力の無いやつにでも、あるいはあっても会社が倒産したり、馘になったりして焦げ付きが出るかもしれないのに、簡単な書類だけでばんばん売りまくる。それは何故だ？」

「分かりません」

彼が話してくれたのはおよそ次のようなことだった。

車や家をばんばん売って焦げ付きが出ても会社は損をしない。それは客がローンを組む相手はメーカーやディーラーではなく、それ専門の金融機関だからである。

では金融機関は、リスクも充分に有り得るそのローンをどうするのか。

「これもアメリカのウォール街あたりの頭のいいやつが考え出したことだろうが」

と前置きをしながら、金融機関なりあるいは証券会社なりがそれらのローンを様々に組み合わせて金融商品に仕立て上げる。

それは将来利息がついてくる立派な債券となり、市場に出回ることになる。だがやはり貸し倒れというリスクは伴う。リスクには一定の比率があり、例えば全体の三〇パーセントぐらいが焦げ付くとする。そこで債券を発行する際に、安全な順にＡＢＣとランク分けをする。

「おれたちが売って歩いているのはＣランクの債券なんだよ。リスクも商品に仕立て上げて一般の人たちに押し付ける訳だ。それがおれたちの仕事なんだよ。どう転んだって金持ちは損をしないように出来ているんだ」

先輩は疲れきったような顔をして、話を締めくくった。そのときからぼくは、自分の仕事にまったく誇りを持てなくなった。と言うより自分が、やや詐欺的な部分も含むこんな仕事を、このまま続けていくことに疑念を持ったと言った方がいい。それと仕事に嫌気をもったのには、もうひとつ理由があった。

それはぼくの担当の課長が尊敬できない人物だったからだ。この課長は某有名私大を出たという学歴を鼻の先にぶら下げているような人で、何かというと短大卒というぼくの学歴に劣等感を与えるような言動を、平気でとる人だった。この課長が東大を出たという社長の前ではえらく卑屈になる。でも東大や有名私大を出て、こんなつまらない会社を経営するのなら、そのことにいったいどれほどの価値があるのだろう。

間もなくぼくは、その証券会社を辞めた。

次に勤めたのは小中学生向けの教材を売る会社だった。内容はＣＤとセットの参考書、模擬試験とその添削を十五回まで無料でやってもらえる回数券などとのパッケージ商品を売り歩く仕事だった。セールスの仕事には辟易していたのだが、ぼくのキャリアで手っ取り早く就職できるのは、営業の仕事ぐらいしかなかったのだ。

その会社も一年もしないうちに辞めた。理由は二十万円というあまりにも高すぎる商品を、塾に通う手間などと比較して見せながら、誇張と詭弁を弄して売り込むという、やはり詐欺の臭いがするセールスに嫌気がさしたからだ。それと、課長のひと言がとどめになった。

課長はこう言ったのだ。

「受験が目的の教材を売るやつが、無名の短大卒ではまずいだろ。仕事のときは慶応か早稲田卒ということにしておけ」

慶応とか早稲田を出てもこの程度の仕事かと疑われないかと言いたかったが、それ以上にこう思った。

短大なんかに入るんじゃなかった。高卒と言った方がかえってさばさばして響きがいい。ぼくが好きな小説家は池波正太郎にしても松本清張や山本周五郎、或いは吉川英治にしてもみな小学校しか卒業していない。だがいずれも大作家だ。才能や想像力というものは学歴とイコールではない。にもかかわらず無名の短大を卒業したというのは中途半端であるばかりでなく、むしろ肩身の狭い学歴だということを知らされた。

話しながら思ったことだが、ぼくは生存競争の逆巻く、まるでサバンナのような都会での、砂を噛むような暮らしには初めから向いていなかったということだ。

その後いくつかの職業についた。

洗車ブラシの柄にホースが繋がっていて車を洗いながら水と洗剤が一緒に出てくるといった陳腐な特許製品を、巧みな言葉で売り込むといったセールスとか、終いにはスコットランドの儀仗兵のような派手な服装をする、キャバクラのドアマンと呼び込みを兼ねたような仕事をやった。

いずれも納得のいく仕事ではなかったが、生活するためには止むを得なかった。貯金は貯まらず、ただ家賃と生活の資を確保することに追いまくられて、将来を考えると気が滅入るばかりだった。

長いこと佳乃さんのような聞き手を求めていたに違いない。気が付くとぼくは耕さんにも話していないうつの症状やその原因となった東京での暮らしについて、まるで土手が決壊でもしたように止め処もなく話し続けていた。そして瑞江とのことについてもためらうことなく踏み込んでいった。

瑞江と知り合ったのはキャバクラのドアマンをやっていた時で、そんな鬱うつとした日々の中でだった。

「キャバクラのドアマンの仕事に就いたときには、なんだか裏社会のとば口に立ってしまったような気がして、柄にもなく突っ張らかっていたように思います。柄にもなくと言えば、東京に来てから就いた全ての仕事が、ぼくにとっては柄にないことだったんです」

瑞江は短大生で、キャバクラにはアルバイトで働いているという二十歳の娘だった。店に出入りする際に、いつもぼくの滑稽な扮装をからかい半分に冷やかしていく。だが見下しているような印象ではなく、むしろ好意さえ感じられる口調に、こっちも興味を抱き、いつの間にか気安く口を利くようになっていった。

仕事がはねてから近くの居酒屋に誘われて二、三度行くうちに、いつしかホテルに行く仲になっていた。自分にとっては初めての女で、当然のことながらぼくはすっかり夢中になってしまった。そのうちホテル代がもったいないからと、互いのアパートに泊まりこむようになった。互いにとは言っても、ぼくのアパートは狭いうえに汚くみすぼらしかったので、小ぎれいな瑞枝の部屋に行くことの方が多かった。

ぼくの店の仕事は呼び込みのほか、入口を入ってすぐの場所にあるクロークを交代でやった。クロークルームの端っこのカーテンの隙間からは店の中をのぞき見ることができた。交代でクロークに入った時ぼくは、しばしば店内の様子を窺い見た。

するとそこでくり広げられていたのは、ホステスと客の間での退廃的な嬌艶の情景だった。中には見るに堪えない痴態を演じているカップルもある。ぼくが瑞江も決して例外ではないことに気づくのに、たいして時間はいらなかった。

たちまちぼくは、焼きもちを焼くようになった。

「今日のお前、ひどすぎないか。客とキスしてたろう。それも長く」

「今さら何よ。キャバクラって、媚と色気を売るところなのよ。知らなかったの」

しらけたように瑞枝は言った。それからさらに足をすくうようにこうも言った。

「あんたって、思ったよりウブな男なのね」

間もなく瑞枝はぼくと一緒に帰るのを嫌がるようになった。待ち構えて半ば強引に連れ立とうとしても、同行するのを拒否するようにさえ変わった。あんなに愛し合ったのに、こんなに簡単に心変わりがするということが信じられなかった。

未練を断ち切ることが出来ない、辛くて遣る瀬無い日々が続いた。ある深夜のことぼくは瑞江のアパートに乗り込んでいった。これまでも何回か訪ねて行っては留守だったり或いは居てもドアを開けてもらえず、すごすごと引き返してきた、むなしい行為の再現だった。だが今夜は留守なら帰ってくるまで、居るならドアを開けてくれるまで帰らない決意だった。

だがそのぼくの悲愴な決意は、あっさりと打ち砕かれることになった。

瑞江の部屋には明かりが点いていた。しかしドアをノックした途端に出てきたのは、下着姿の男だった。背中から受ける部屋の明かりが、男の肩から二の腕にかけて彫られた、竜の刺青を不気味に照らしだしていた。

「……すみませんでした」

それだけ言うとぼくは、くるりと背中をみせ、逃げるようにして帰ってきたのだった。以前のうつ鬱とした日々が、数倍になって戻ってきていた。やがて日が経つうちに自分の気持ちを滅入らせているものは、瑞江にたいする思慕というよりも、ゴミのような自分の人生にたいする絶望なのだと考えるようになった。何をする意欲もなく毎日部屋に閉じこもり、陰々とした日々を過ごしていた。

上京していた妹がぼくのアパートを訪れたのはそんな時だった。妹からの連絡を受けて郷里から上京してきた兄に、強制的に国に連れ戻されたのは、栄養失調で飢餓状態寸前になっていた時だった。

震災に見舞われたのは、浜浦に帰った翌年のことだ。


ぼくはまるで、抑制の利かない失禁症か何かに罹った人のように、一人で夢中になって喋り続けていた。

話しながらぼくは、心の中でいかんいかんと思った。こんな話をしているとまた死を身近に引き寄せてしまう。いったいぼくたちは、星空を見上げながらなんという会話をしているのだろうか。

だが誤解を誤解のまま放置しておきたくない気持ちにさせるものが、佳乃さんにはあった。それにこの人には、すっかり本当のところを理解してもらいたいという気持ちが僕の心に渦巻いていた。

きっと今までぼくの心の中に、誰かに親身になって聞いて欲しいという思いが、山のようにうっ積していたに違いなかった。そのうえ佳乃さんは、この上なくいい聞き手だった。


家に入ると耕さんの晩酌は終いに近づいており、圭祐くんと二人でテレビに見入っていた。

「蚊に刺されながったがぁ」

耕さんが呆れたように言った。時計を見ると八時を少し回ったところだった。

ぼくたちは外で、夕方から二時間も話し込んでいたことになる。

「前に郷土出身の偉い人の講演を聞いたことがあるわ」

テレビの邪魔にならないようにいく分気を使った声で佳乃さんは、会話の続きを始めた。

その人は東大を出た科学者で、日本の研究所で何年か務めた後、先輩の紹介で研究場所をアメリカの然る研究所に移したという。すると周りの研究者がハーバードだのオクスフォードだのマサチューセッツ工科大だのの出身者ばかりで、行った途端に劣等感を抱いたという。ところが周囲の人は出身大学などにまったくこだわらない。ひたすら研究の実績だけが評価される実力の世界だった。そこで分かったのは、自分は今まで国では学歴を鼻にかけて優越の意識を抱いていた。その同じ価値観で今度は劣等感を抱いている。

つまり他人を蔑視するのも劣等感を抱くのもどちらも卑俗な同じ価値観によるもので、それは体系性に欠ける無意味なものだったと。

自分のこれまでの考えは、ちょっと環境が変わると途端に逆転するような普遍性のないものだった。自分は科学者としてあるまじきドグマに陥っていたという事に気が付いた。

「そんな馬鹿な価値観を振り撒いているのはきっとテレビの影響じゃないかって、その人は言ってた。わたしだって短大しか出ていないし、お父さんなんか中学しか出ていないのよ。それでも何の劣等感も抱かず、堂々と生きているわ」

佳乃さんはぼくの劣等意識を、矯正しようとするかのように言った。

後になって思ったことだが、佳乃さんは身の回りに、ぼくにとって充分に心を通わせ合える雰囲気を初めから漂わせていたのだ。これこそが自分が求めていたものなのかも知れない。ただ自死の失敗のあと、健常な精神を失ってうろうろしていた自分が、そのことに気づかなかっただけなのだ。

耕さんと圭祐くんが寝所に引きあげたあとも、ぼくらの会話は続いた。

「母親が亡くなったときはさすがに悲しかったです。この世で自分を一番愛してくれる人が居なくなったと思うと、しばらく涙が止まらない時期がありました」

兄と父親が帰って来なくなってもぼくは胸を掻きむしるというほどの悲しみを味わうことはなかった。前にも言ったが父と兄の死は、目の前の大惨事の中の一コマでしかなかった。

だが母は、すっかり諦めがつくまでには、相当の苦悶があったようだった。後で考えたことだが、父と兄を失うのと、夫と息子を亡くすことでは、その痛手にはかなりの違いがあるのではないかと。

「これは推測で言うのだけど確かにあなたの言う通り、震災で一時あなたのうつは治ったのかも知れないわね。今でも光パルス療法というショック療法はあるからね。再発にはあなたの家から風景を奪い去った、高さ十二メートルの防波堤が原因になっているというのも説得力がある。でもそれはきっかけに過ぎないかもね。背景にはそれまでの抑圧された蓄積があるのよ、やっぱり」

佳乃さんはカウンセリングを施している医師のように言った。震災から数年、ぼくと母は家の二階に棲みながら、家の周りや被災した一階部分の片付けや補修をして過ごしていたのだ。母が亡くなってからはそれはぼく一人の仕事になっていた。佳乃さんの言うように孤独の作業の中でぼくは、しだいに心を閉塞させていったのかも知れない。

「うつ病の苦しさって、他人には分からないものだけど、でもあなたの場合、傍目にはずいぶん良くなっているように見えるけどね」

「そうかも知れません。自分でもそんな気がしているんです」

佳乃さんに身の上を打ち明けたことで、気持ちの中に澱《よど》んでいた澱《おり》のようなものが、かなり掻き出されたような気がしていた。ぼくはすっかり素直になっていた。

「それにね。あなたが自殺したくなった事を、うつの症状とだけ考えるのはどうかしらね。

例えうつでなくたって、震災によって死にたくなるような不幸な被害を、あなたは充分に味わってきたように思えるんだけど」

佳乃さんは付け足すようにさらに言った。

「思い出って、時には自分の身体にムチを打つようなものなのよ。とくに失恋なんかの場合はね。そういう時は何か、別のことを考えることよ。でももっといいのは、新しい恋をすることかしら」

耕さんは頭で考えるより、身体を動かすことだと言った。どちらも哲学的だが、どちらも本当のことに思える。

いずれにしろ佳乃さんの言葉は、ぼくをかなりの程度励ましてくれた。

＋

耕さんと一緒に何回か山へ行くうちにぼくには、森林整備の方法がだいぶ呑み込めてきていた。森林整備の第一は、植林した苗が無事に育つように雑木や草を刈り払ってやることだが、近ごろは植林する人が少なくなって苗の世話という仕事はほとんどなかった。したがって丈高く成長した杉林や松林などの整備が中心だった。だが耕さんの行く山は、密植を避けるための伐採とか、林に陽の光を入れるために樹に登って入り組んだ枝を払うといった危険な作業は、ここ数十年の間に耕さん自身によってやり終えている山がほとんどだった。

「もっとも、今のおれではあ、とっても木登りは無理だどもな」

耕さんはそう言って、少し寂し気に笑った。

作業はもっぱら樹に絡みついている藤のツルを払う仕事と、害虫や木の病気を見つけて処理する仕事だった。耕さんによれば樹の病気はほとんどが悪い菌によるもので、葉や枝が枯れたり変色していないか、或いは幹に傷がついていたり樹皮に異色の斑が浮いていたり、根っこの部分にナラ茸やツリガネ茸などのキノコが派生していないかどうか、などが見分ける目安だという。

もっとも分かりやすいのは、枝の一部分だけが鳥の巣か箒か何かのように異常に叢生《そうせい》していたり、枝や幹が異常にふくれて瘤になっているてんぐ巣病とこぶ病で、これは素人のぼくにもすぐに見分けがついた。妙なもので慣れてくるとこれらの病気を発見するのが面白くなって、発見すると何かの手柄でもたてたような気分になってぼくは得意げに耕さんに報告した。

症状のひどいものは伝染しないように伐り倒して三尺に切りそろえ、あとで焚き木にするためにその場に積み重ねておいた。

「だいぶ山ぁ、覚えできたべ。そのうぢ山の手入れが必要になる時代が、必ずやってくる。山仕事は覚えでおいで損にはなんねえべよ」

耕さんは何かを期待しているようにそんなことを言った。

耕さんと佳乃さんの意外な関係を知ったのはそんなころだった。

日曜日の午前中に圭祐くんと一緒に、ニワトリに餌をやっていた。餌は鉄分やビタミンを多くふくんだ配合飼料のほかに、米ぬかにカキ殻を粉末にしたものと刻んだ青菜を混ぜたものを交互にやっていた。近ごろはニワトリの飼育はぼくの仕事になっていた。

そのとき圭祐くんが、午後に母親と大船渡に買い物に行くと言ったのだ。

「佳乃さん。大船渡に行くなら、ぼくも連れて行ってください」

さっそくぼくは佳乃さんに頼み込んだ。

「家へ帰るの」

驚いたように佳乃さんは聞いた。

「そうじゃありません。じつは例の事故のとき、メガネを失くしてしまったんです」

自殺未遂のことを事故と表現していた。

「あら、メガネをかけていたのね。どうして今まで黙っていたの。不自由だったでしょうに」

ぼくは黙っていた。じつは大船渡に帰ったなら、ここに戻ってくる口実を失ってしまうのではないかと密かに恐れていたのだ。でも佳乃さんの今の反応なら、その心配はなさそうだとぼくは大いに安堵していた。

午後三人で大船渡に行った。大船渡市は気仙経済圏の中心地で、三陸町や住田の人たちは、大きな買い物のときはわざわざ大船渡市まで出かけていくのだ。それに大船渡の街は、震災からはだいぶ復興してきていた。

大船渡に着いてからぼくは最初にキャッシュカードで当座必要な金を引き出した。それからメガネ屋で自分に合うメガネを買った。ぼくの近視は右目に乱視が入っているので出来るのは一週間後だということだったので、住田の耕さんの家の住所を書いて送ってくれるように頼んだ。

佳乃さんのスバルで大船渡への行き帰りに、車中でかなりのお喋りが出来た。その中でぼくは、意外な事実を知った。

「知ってた、わたしと祖父《じい》ちゃんが本当の親子でないってこと」

どういった話の成り行きだったかに、佳乃さんは突然そう言った。

ぼくは驚いて佳乃さんの顔を見た。だがその顔は、苦悩の片りんさえ覗えない、晴れやかなものだった。

「祖父ちゃんは本当はわたしの伯父さんなの。亡くなった母の兄。わたしは小さいころに交通事故で父と母をいっぺんに亡くしてね。伯父さんに引き取られたの。初めは悲しかったけど、でも淋しい思いをしたことはないわよ。伯父さんに子供がなかったからね。実の子どものように可愛がられて育てられたからね」

「それで親孝行がしたくなって戻ってきたわけですか」

「あははは、そうかもね」

少し間をおいてから神妙な表情を見せて語った。

「亡くなった義伯母《おば》さんは仏様のような人でね。意地悪なところがひとつもない、人を恨むということを知らない人だった。子供の頃は、わたしはけっこう我がままを言ってね、二人をずいぶん困らせたものだった。でも叱られたという記憶がない。伯父さんもあれでけっこう自分勝手なところがあったんだけど、わたしや伯父さんの我がままをぜんぶくるみ込んでくれていたのが義伯母さんだったと今にして思う」

終いの方は言葉が湿った。

ふだんあまりお喋りでない佳乃さんが、出会って間もないぼくに、一身上の私的なことを、あけすけに打ち明けてくれることが何か嬉しく新鮮に思えた。きっとぼくと同じように、いかに耕さんに感謝しているかという自分の胸の内を、誰かに聞いてもらいたかったのに違いない。

家にたどり着く前にぼくは、佳乃さんにこれまでの食費だと言って十万円を渡した。

佳乃さんは「いらない」と言って断った。

「むしろお父さんの方が、いろいろ手伝ってもらっているんだから」

「それだとぼくはこれ以上、居づらくなりますから。本当はこれでは足りないかも知れませんが、遠慮されないようにと思って……」

ぼくは無理に押し付けた。

べつの時ぼくは耕さんに聞いてみた。

「佳乃さんは実の娘じゃないそうですね」

立ち入ったこととは思いつつも、訊いていた。

「ああほんだ。んだどもなに、実の娘ど何も変わらないよ。おれはずっとそう思って育ででぎたし、圭祐はおれのごど実の祖父ちゃんだど思ってるべえ。なに、実の親子っす」

耕さんは淡々とした口調ながらも、実の親子と同じだということを強調した。

佳乃さんはぼくの気持ちの中で、もはや抜き差しならない存在となっている。

いつの間にか佳乃さんの姿や息遣いや、その声の抑揚までもがぼくの心を占有するようになっていた。佳乃さんのことを思うと、それまでの胸を締め付けられるような孤独の辛さが、布巾で拭い去ったようにきれいに消えて無くなった。

それは東京にいたときの瑞枝にたいしての、欲情に駆られたもの狂おしいような気持ちとは別の、どこか冴え冴えとした温もりの感覚だった。

佳乃さんはたびたびぼくの夢の中に現れては、卒と消えた。

彼女と同じ屋根の下に棲んでいるというだけで安心でき、甘味な気持ちに浸れた。

自分の心の中に確実に何か新しい感覚が生まれている、と思えた。

十一

八月の盆過ぎのことだった。ぼくが上の畑から下に降りて行くと、佳乃さんと圭祐くんが納屋の陰に隠れるようにして突っ立っていた。そして家に行こうとするぼくを押しとどめた。

「今は行かない方がいいよ」

「どうしてですか」

「私のもと夫だった人が来ているの」

先ほど下の道路の方から車が止まる音が聞こえたのは、それだったのかと思った。

「変な勘ぐりをされて、あなたに迷惑がかかってはいけないから」

「迷惑って？」

「かっとなるとすぐ暴力を振るう人だから」

「だったら尚さらぼくでも居ないと、耕さんに危険が及ぶかもしれないじゃないですか。耕さんが独りで応対しているんでしょう」

佳乃さんは、いっとき困ったような表情を見せて口をつぐんだ。

それを止むを得ないという返事だとかってに解釈して、ぼくは家に向かった。じつは佳乃さんの夫だったという人の顔を見ておきたいという気持ちもあった。

佳乃さんの元の亭主は、がっしりしているという訳ではないが骨格は頑丈そうで、かなりの労働には耐えられそうな身体つきだった。だが顔つきは決して凶暴ではなく、むしろ人の好さが窺える善良そうな人柄に見えた。憔悴した神経質そうな表情に、時どき気おくれするような哀れっぽい笑みさえ浮かべて見せている。

この人が酔っぱらって暴力を振るったりするのだろうかとぼくは、しばし疑いたくなった。ぼくの姿を見ると一瞬驚いたように目を瞠ったが、すぐに気の弱さを垣間見せて目を下に落とした。

「自分の身に置き換えて考えでみらえ。何がってば暴力ふるって、しょっちゅうぶっ叩ぐような奴ど、あんただったら、一緒に居だいど思いますか」

耕さんが前段からの続きらしい話を始めた。押さえた声の底に怒りが潜んでいる。

「許すどが許さないどがっつうのは、未だ愛情がある内だど思うがな。佳乃はこの前に来た時は泣ぎながら愚痴を並べだった。んだども今度は、愚痴めいだごどは一切言わない。さばさばしていで、訴えだい事は何もないようだった。これはあ、今度は本気だなどおれは思った。この前は説得して帰してやったが、今回はおれもそんな気はない。男ど女の仲どいうのは、どっちがが心変わりしてしまったら、もうはそれで終わりなのす。それでも未練たらしぐ付きまどうど、終いには顔も見だぐないようになるもんでがんすが。これはあ、おれの若いどぎの経験がら言うんだどもねゃ。おれも何回もこっぴどぐ振られだ経験があるがらな」

自分の失敗をあえて披れきしてみせたのは、耕さんの労わりかも知れなかった。耕さんが恋したとか失恋したとかいう話は聞いたことがない。つぎに耕さんは、ぼくに佳乃さんを呼んでくるように言った。外に出ると佳乃さんは畑に上がっていたようだった。途中まで行って呼ぶと降りて来たので耕さんが呼んでいることを伝えると、

「もう話し合う事なんか何もないのに。また仲裁するつもりなのかしら」

と、迷惑そうに顔をしかめるので、

「そうではないようですよ」

ぼくは今しがた聞きかじったことを簡単に話した。佳乃さんは決心したようにきりっと口を引き結んで畑を降りて行った。万が一が心配だったので、ぼくも後を追った。

「佳乃。こういう問題は、いだずらに長引かせでいいもんでねえ。お前の気持ちをはっきり告げで、きっぱりどけり付けるごった」

耕さんに言われて佳乃さんはテーブルを挟んで亭主と向き合う位置に腰をかけた。

「これからは心を入れ替えで、真面目にやっから、もう一回やり直してくれないか」

亭主の方から口を開いた。

「その言葉は聞き飽きた。もう駄目、これ以上辛抱できないよ。今度は私も本当に決心して帰ってきたんだから、あなたは自分の道をさがして下さい」

きっぱりとした口調で言った。亭主は次の言葉が見つからないように意思の薄い目を上げて佳乃さんの顔を見つめた。

「震災で職を失って、貴方も気の毒だとは思うけど、そんな人は貴方だけじゃない。でもみんな元気で頑張っている。仕事で疲れて帰っていく家庭が、酔っ払いの愚痴と怒鳴り声と暴力で満ちあふれていたんじゃ、とてもやっていけないわよ。私は圭祐を育てるのが精いっぱい。あなたにまでぶら下がられちゃ親子三人、みんな潰れてしまうわよ」

「だから、これから心を入れ替えるって……」

膝に置いた手がぷるぷると震えていた。

「心を入れ替えられるんなら、独りで頑張ってみて下さい。これ以上わたしと圭祐を苦しめないように。わたしがこれから稼ぐお金は、あなたの酒代やパチンコ代ではなく、圭祐の学資に溜めてゆきたいの。このままだと圭祐の将来も奪ってしまうことになるから、父親としてあなたが今出来る一番いいことは、黙って別れてくれることとです」

ご亭主はすでに諦めていたのかいらだつ表情も見せず、握りこぶしも握らなかった。ただ無言で、うつろな目に涙を浮かべているだけだった。

そうなんだ。男ってやつは、相手の気が変わらないうちはなかなか目が覚めない鈍い生き物なんだ。ぼくは自分の身に引き比べてそんなふうに思った。

それ以上聞いていているのに堪えられず、そっと表に出た。下に降りてすでに花期の終わったアツモリ草の畑を眺めた。川の向こう側には、ひと目でセコハンと分かる色のあせた軽のワゴン車が停まっている。

やがて家から圭祐くんの父親が出てきた。坂を降りながらぼくに向かって力なく頭を下げると憔悴したような後ろ姿を見せて川を渡った。それからセコハンの軽ワゴンに乗って去って行った。

少しすると佳乃さんが出てきた。

「了解しましたか」

漠然とした聞き方になった。

「知らない。でもわたしは言う事は言った。これで終わりよ」

さばさばとした言い方に聞こえた。涙の一筋さえみせてはいなかった。不思議なことにこの時のぼくは、去って行ったご主人の方に同情をしていた。

家の中に入って行くと、ぼく一人なのを認めて耕さんが言った。

「考えればあいづも可哀そうな奴なのさ。自分の務めでいる精密機械の部品を作る誘致企業が震災で流されでしまってなぁ。務めを失ってしまって、復興事業をやる土木会社に再就職したんだどもそれも三年前に仕事が無ぐなって、お払い箱になってしまってさ。それがら気落ぢしてしまって、飲んだぐれでばり居るもんだがら、佳乃に愛想をつかされでしまったべや。女房だの子どもの前では威張って荒らびでだったべども、根は気の弱い臆病な奴なんだ。んだども、相手の気持ちが変わってしまったらば、これはあ、もうどうにもしようがながんべもの」

外に出てから洗い場でダイコンを洗っている佳乃さんに聞いた。

「圭祐くんは」

「畑にいるわ」

ぼくが家の中にいる間に上って行ったらしい。ぼくは先ほどから圭祐くんのことがひどく気にかかっていたのだ。

上に行くまえに佳乃さんに何か言葉をかけなければいけないような気がして、

「辛いでしょうね」

と言ってみた。その後で、われながらウイットに欠ける言葉だと思った。だが、

「十年以上も一緒に暮らした人だから悪くは言いたくないけど、でもようやく解放されたという気持ちなの。なんだか清々《せいせい》しているの」

と言って、存外に清々《すがすが》しい笑顔を見せた。

上がって行くと、畑の外の丸太のベンチに圭祐くんが一人しょんぼりと座っている。

「君もけっこう苦労しているようだね」

横に腰を下ろしてそう言ってみた。

「傍から見ればそう見えるかも知れませんね。でも本人はそれほどでもないんですよ。それなりに人生を楽しんでいますから」

「へえええー、人生をねえ」

ませた言い方がしゃくに障った。この世に生まれて未だたったの十年じゃないか。それなのに、人生を楽しむなんて言葉がどこをどう押せば出てくるんだ。同情心から軽はずみに声をかけたことを後悔した。負け犬の自分が揶揄《やゆ》されているような気分もあったに違いない。

「きみは見かけ以上に冷静にものを考えられる少年のようだから、ぶしつけを承知で聞くんだけど、お父さんとお母さんのこと、どう思っているんだい」

子供に聞くのは酷な質問だと思ったが、いじわるをしたい気分からそう言った。

「お母さんの選択は、間違っていないと思います。お父さんは近ごろでは、パチンコに夢中になって、ぼくを迎えに来ない日もしょっちゅうでしたからね。このままじゃ家族全員が沈没してしまいます。いつまでもお母さんにぶら下がっているのは、お父さんのためにも良くありませんから」

ぶら下がるという言い方は母親の口真似にちがいない。だが両親を客観的に見ている、聡明な答えだと思った。ぼくは相手が子供だと思ってとった自分の姑息な態度が、にわかに恥ずかしくなった。

「それに、」

ぼくは耳を傾けた。

「お母さんの気持ちは、すでにお父さんからは離れていますから……」

今どきの子供はこんなにませた物の考え方をするものなのかと思った。だが辛い気持ちを押し殺して表現した、精一杯の言葉に違いなかった。

「そうか。ではきみは、お父さんと別れても大丈夫なんだね」

「平気です。お父さんを見ているのは辛かったですから。それにこれからは、大好きな祖父ちゃんと一緒に暮らせますから。ただぼくは、学校が変わることになりますから、担任の漆《うるし》原《ばら》先生と離れることがちょっと寂しいかなとは思っているんです」

どうやら圭祐くんに対する漆原先生の影響は甚大なものらしい。そのことにちょっとばかり嫉妬に似た気持ちが湧いた。

「きみは可愛い顔に似合わず、意外にシビアなんだね」

言ったあとで少し後悔し、すぐに修正にかかった。

「大丈夫だよ。お母さんは、強い人だから、どんなことがあってもきみを護ってくれると思うよ。きみは自分の道をしっかり歩むことだね……もっともぼくは、他人にそんな偉そうなことを、言える人間じゃないけどね……」

終いは自分の言葉が消え入るように低くしぼんでいった。

下でオートバイの音がしたようだった。

畑から降りて行くと、耕さんが庭のベンチに腰かけて手紙を読んでいた。今しがたのオートバイの音は、郵便やさんのスクーターの音だった。

傍に行くと耕さんが先ほどのうっ屈した気分が消えてしまったように、嬉しそうな声を出した。

「福島のいわき市に住んでいる友だちがら、手紙が来たや」

耕さんは便せん四、五枚の手紙をささくれだった指でがさがさとめくって、その中の一枚を選んでこっちに伸べながら、

「やろ、俳句やってけつかるもんでな」

と友人の趣味を半ば誇らしそうに言った。受け取って眺めると、さほど達筆とも思えない黒インクの文字で五首ほどの短歌が並んでいる。

「これは短歌ですね」

「んだが。俳句ど短歌は違うべえものな」

軽い恥じらいを見せて笑う耕さんを無視するように、ぼくは声に出して短歌を読んでみた。

原発事故起こりしは真実　起こらぬを真実とせし敗訴文を読む
原発の差し止め訴訟の我らをば　国賊とまで呼びし人あり
老農の吾には届かぬ数値なり　セシウム半減三十年は
信号は避難区域に点りつつ　六号線は牛の道なり
放射能高きフクシマに棲むなれば　晴耕雨読などできますか

「いったいどういう知り合いなんですか、その人とは」

短歌を音読し終えてから、繋がりが見えない二人の関係に興味を抱いて聞いた。

「若い時にな。いっとぎこの谷間から逃げだぐなった時期があってな。東京さ出稼ぎに行った時があんのよ。そん時にな、おんなじ職場で奴ど出会ってな。妙に気が合って、仕事が跳ねだ後に毎晩二人で酒のんでな、語り明がしたものよ。自分と同じ歳で、あれほど知識の豊富な人間に遭ったのは初めでだった。おれが曲がりなりにも政治だの社会の出来事に関心を持ったり、本を読むようになったのは、あいづのお蔭だものや。世間知らずのおれの目を開がせてくれだのは、外ならぬこの男だ」

どういった職場かは言わなかったが、おおかたの予測はつくような気がした。

「若い時はどうしても都会さ憧れるもんさなあ。何つうのが、あそごでは沢山の命の炎が赤々ど燃え盛っていで、何だが楽し気に見えるんだなあ……無駄に燃やしている方が多いど気が付ぐのに、しばらぐ時間が必要だった。んだども、こいづど行き遇えだのは収穫だった。んだがら無駄ではながったど思っている」

ぼくは耕さんが伸べてよこした手紙を、もう一度読み返してみた。

「やろ、今度もまた、訴訟で負げだよんたな」

耕さんのボソリとつぶやくような声が、手紙を読み終わったぼくの脳裏に強く焼き付いた。

一旦事故が起これば、多くの罪もない人たちに取返しもつかない惨害をもたらすということが現実で証明された原発を、依然として止めようとしない政府と電力会社。そこが生み出す自分たちでさえどうにも処理できない汚染された物質を、自分たちの子や孫に、未来の子孫に向かって日々積み上げていくことに何の痛痒をも感じない人間たち。いったいこの国に、未来とか正義という概念はないのかと、ぼくは疑う。

「なんだか日本は、いつの間にかまた、破滅に向かって、進んで行っているようですね」

ぼくは戦《おのの》くような気分に陥りながら言った。

十二

八月末のある朝のことだった。あかつきの微睡《まどろ》みの中にいたぼくは、とつぜん山間に響くサイレンの音に驚かされた。耳を傾けると少し下の集落の入口の方から、谷間にぶつかって乱交叉し合うような、けたたましい音響でサイレンは鳴り響いている。こんな早朝に、どこかで火事でもあったのかとなお耳を澄ましていると、サイレンが鳴り止むと同時に放送が続いた。戸障子越しに理解した言葉の内容は、

「北朝鮮が発射したミサイルが日本の上空を通過する。誤って国内に落下する虞《おそれ》があるので、十分に注意するように」というものだった。

寝ぼけまなこで起きていくと耕さんはすでに起きていて、テレビを観ながら茶を飲んでいた。

「なんですか、いまの放送は」

「北朝鮮のミサイルが、東北がら北海道の上空を飛び越えでいぐっつう放送のようだども、なに、もうは行ってしまった風だ」

言ってから耕さんは、新しい湯飲みにお茶を淹れて伸べてくれながら、

「三分前に放送されだってどうにもならないべど。注意しろの避難しろのったって、なぞに注意すればいいんだれ。どごさ避難すればいいんだれ」

勃然とした様子で言った。少しして、

「あの防衛大臣の網タイツの姐《あね》さんは、ミサイルは撃ぢ落どせるなんて語ってだったが、通告されでがらあわてで迎撃ミサイルを移動させだ風だ。戦争にでもなったら何時、何処だが分がらない処さ、何十発も飛んで来るんだべえ。西ど東の原発さ二、三発もミサイルを落どされだら、日本は何処さも住めなぐなってしまうんでゃねえのが。これはあ、誰でも簡単に想定できるごったべや」

と憮然とした表情で言った。それから、

「今の首相は戦争を未然に防ぐ気なんか、さらさら無いようだものな。あのアメリカの阿呆な大統領ど、百パーセント一緒だなんぞどほざいで、ひたすら戦争さのめり込んでいぐようだものな」

と言ったあと、呟くように、

「安倍首相は本気であの網タイツの姐《あね》さんに、日本の国防を任せるつもりで居るんだべが」

と不安そうに言った。

耕さんは、今の政権に、おおいなる憤懣を抱いているようだった。

ぼくはこれまで政治のことには、ほとんど関心を持ったことが無かった。それなのにこんな山の中に住んでいても耕さんは、ぼくなんかよりよっぽど確かに、世の中のことを視ている。視野が広いか狭いかは、住む場所には関係がないのかも知れない。


ミサイル騒ぎがあった日の昼下がりのことだった。

耕さんの家に甚吾さんという人が訪れた。

「あやあ甚吾さん、しばらぐだったねゃ。達者で居だったようだね」

庭まで乗り上げてきた軽トラックから降りるや否や耕さんが、親愛の籠った挨拶をのべた。

耕さんの敬愛の籠った応対から、その人の人となりが窺《うかが》えた。甚吾さんと呼ばれたその人は、白い塩の上にゴマ粒を振り撒いたようなほぼ白髪の人で、耕さんより幾らか年長に見えた。

耕さんは甚吾さんを家の中に誘うと、急須にお茶っ葉を入れて取り持ちの準備を始めた。

甚吾さんは庭仕事の邪魔をしたことを簡単に詫びてから、上には上がらずかまちに腰かけたまま、湯飲み茶わんを受け取るなり、

「何だぁ、今朝の騒ぎは」と、言った。

「北朝鮮のミサイルでがんすぺえ」

「ミサイルが飛んで来ないようにすんのが、政府だの外務省だのの仕事でないのが。サイレン鳴らしたったて、何の役にたづんだれ」

誰かに怒鳴っているように言った。少し気を静めるように黙って茶を啜ってから、

「孫ぁ、来てだそうだな」と言った。

「はあ、まんつ」

「ずっとこっちさ居るのが」

甚吾さんは佳乃さんたちの事情を聴き及んでいるらしかった。

「ま、そんなような塩梅だね」

困ったものだという顔をして言う耕さんに、

「ほんだら、鹿踊《ししおど》りさ貸してけんなれや」

「はあ、又、始めるどごえんすか」

「んだ。なんとが再開したいど思ってな」

「頭数は、揃いそうだすかや」

「九人は無理だどもな。徳次郎んどごの惣次が帰ってきてるべえ。あれは餓鬼のころおれが仕込んだわらしだがらな。あれさ中立《なかだち》させんべど思ってだ」

「ははあ、それは良がんすな」

「被災地で細々ど、お祭りが再開され始めだようだがな。聞けば大船渡も高田も、手踊りも行列もない寂しい祭りっこだったようでな。そごさ鹿踊りで乗り込んで行って、少しでも景気をつけでやったら、喜ばれんべど思ってよ」

「なるほど。それはあ、ようがんすな」

耕さんが同感したように言うと甚吾さんは得たりといった笑みを見せた。たしかにぼくの処の浜浦でも、昨年八年ぶりの例祭を再開したのだが、境内に神輿を据えてただ祝詞《のりと》をあげるだけという淋しいものだった。鹿踊りの参入は確かに歓迎されるに違いない。

それからいっとき黙って茶を飲んでいたが
「ほんでゃ、たのむぞ」

と言って腰を上げる甚吾さんに、卵パックを二つ差し伸べながら、

「本人が何と言うが分がんないども、語っておぎます」

笑いながら、耕さんが言うと、

「おらえの隼人も入るがらよう。おんなし位の歳だべや。いい友だぢになんべど」

そう応えながら腰を上げげた。庭に停めた軽トラに乗ろうとしてから、

「ほんだ、アツモリソウを分げで貰うべど思っていだんだ」

と言ってまた戻った。耕さんは発砲スチロールの箱を持つと、甚吾さんを河原への途中にある花壇にいざなった。移植ベラで根本から掘ったアツモリソウを六株ほど箱に並べてから

隙間を、鹿沼土と川砂の混ぜたもので埋めた。

「何さ注意したらよがんべがな」

「まだしっかりした栽培法は分かっていないんですども、高温に弱いがらこんたな日陰で、土壌は湿り気があってしかも水はけがいい場所どいうのがいいようでがんす」

「ほんだすか。今度は失敗できないねや」

「なに失敗したら、何回でも貰いさくればいいがら」

耕さんは気さくに言って笑った。

「さっきのは何の話だったんですか」

甚吾さんが帰ってから聞いた。

「あの人の家は、仰山流鹿踊り《ぎょうざんりゅうししおど》の庭元でな。廃《すた》れでしまった鹿踊りを何とがいま一回、復活させんべどして頑張っているんだ。ほにあの人が死んでしまうど、外舘鹿踊りは完全に途絶えでしまうべものな」

庭元というのは踊りや生け花などの家元に相当するものらしい。

耕さんの話によれば住田では、戦前までは町内の各地区で鹿踊りや剣舞、大神楽などの民族芸能が盛んだったという。それが戦後、主として後継者不足から、そのほとんどが姿を消してしまった。

耕さんの説明によれば、荷切の集落に伝わる外舘《とだて》鹿踊りは、岩手県の民族芸能祭りにも何度も出演してその名が知られていたのだが、戦争で若い踊り手が取られて一旦途絶えてしまった。それが戦後数年経ってから土地の古老たちの手によって復活され、以来若者たちに伝承されて滅亡をまぬがれてきた。しかし最近になってまた、若い者がいなくなって途絶えてしまっているとのことだった。

「此処の外舘鹿踊りづうのは、そこの外舘から名前をとったもんだども、大東町、大原の行山流山口派を発祥どする、れっきどしたものさ。言い伝えでは昔、甚吾さんの先祖が大原の家元まで行って、何日も泊まり込んで習得してきたものらしい」

耕さんはいく分得意そうに言ったあと、

「実は、おれも若いころ踊った時期があんのさ」

といたずらそうな笑みを見せて言った。

耕さんの昔語りにはあちこち空白があったが、それは自分の乏しい想像力で補うしかなかった。だがぼくは、こうした耕さんのさり気ない地元自慢が、最近はあまり気にならなくなっている。のみならずどこかにノスタルジックな新鮮さと、また素朴なのびやかささえ感じとれるようになっている。

「あの人はあの人なりに、ああやって過疎の流れに懸命に抗《あらが》っている訳さなぁ」

最後に耕さんはそう言って口を閉じた。

甚吾さんが帰って行ったあとぼくは、上の畑に行こうと思った。まだ陽が高かったことに加えて、きっと佳乃さん母子がいるはずだと思ったからだ。上がって行くと圭祐くんが畑の中にいて、何かの虫を探しているようにさかんに葉野菜の間を覗き歩いていた。

「お母さんは」

聞くと振り返りもせずに、無言で後ろの藪の方を指さした。

ふと気づくと、額から汗が流れている。ぼくは汗を拭うために、畑の斜め下方にある分け水のところまで下がって行った。そこは取水のために耕さんが、谷川の上流から細い水路を引いて造った溜まり水のある場所だった。

腰の手ぬぐいを水に浸すと、ひんやりとした心地の良い冷たさが手から身体に伝わってくる。絞って顔を拭くと、鈍っていた思考が拭い去られたように澄んできた。

すると先ほどから視界の隅に入り込んでいて、とくに注意も払わなかったあるものが、いきなり覚醒したようにぼくの気持ちを惹き付けた。谷川の少し上の藪の中で、白くて丸いものがわずかに揺れ動いたように思ったのだ。

ぼくは瞬時にその正体を理解した。途端に条件反射のように胸が、強い鼓動を打ちだした。白いものは紛れもなく佳乃さんのお尻で、佳乃さんは人目を憚りながら密かに排泄をしていたに違いなかった。見てはいけないものだと思ったが、ほんの一瞬だけぼくの目は、そこに釘づけにされてしまった。灌木の濃い緑が、佳乃さんの肌の白さをいっそう際立たせ、そのまどやかな姿色が、妖しくぼくの胸を掻きまわした。

もしかしたら自分は、上から流れてくる佳乃さんの小水を、いくばくか飲んでしまったのではないか。ぼくはいっ時、そんなあられもない妄想に捉われた。地形から言えば成り立たない論理ではなかったが、こちらとの距離や第一馬でもあるまいし佳乃さんがそれほど大量の尿を垂れ流すはずがない。だが一瞬であるにしろ、なんでそんな馬鹿なことを考えたのだろう。

そう思ったとき、ふと佳乃さんの咎めるような鋭い目に、睨みつけられたような気がした。ぼくは何かの犯罪から逃げるような気持で、あわてて目を逸らし背中を向けた。そして半ば茫然と熱に冒《おか》されたような気分のまま、ゆっくりと畑への坂を上って行った。

そのときの気持ちは、決して不快なものではなく、逆に妖しく胸を掻き立てられるもので、そしてそのときから佳乃さんを見るぼくの心に、ある種の不純物が生じたことは間違いなかった。

「ニイヌマさん見て見て。キリギリスだよ」

つまみ上げた青い虫をかざしながら笑みを浮かべる圭祐くんの声も、ほとんど耳に入らなかった。

十三

谷底から見上げる空がにわかに深くなり、サバ雲が浮かんで見えるようになった。

このところの耕さんの仕事は秋野菜を撒くことだった。撒くのは赤カブと白菜、秋ダイコンなどだった。作り方はいずれも同じようなもので、土を鍬で充分に耕した後、たい肥と苦土石灰、化成肥料を施す。耕さんのやり方を見ていると、肥料の分量などは適当で栽培方法も育苗なしの直播で、後で抜きたてをして良質のものを残すというやり方だった。それでも長年の経験に依るものなのか、結構立派な野菜を作っている。

海端のぼくの家にも少しだけだが畑はあった。だがぼくはついぞ手伝ったことはなく、鍬を握るのも耕さんの家にきて初めての経験だった。

慣れない手つきで振り回す鍬は、結構肩や腰にひびいたが、それでも流す汗は心地よく、とくに作業の後に飲むビールの味には格別なものがあった。

そんなある日のこと、耕さんにキノコ狩りに誘われた。耕さんの家がそもそも山の中なのだが、キノコがあるのはまた別の場所らしく、軽トラに乗って行った。

前の晩、圭祐くんも一緒に行きたいと言って珍しく少し愚図った。耕さんが日曜日に連れて行くからと言ってなだめた。圭祐くんは夏休みの後、住田の小学校に転校していたのだ。

キノコは出始めの、いの一番に行くのが沢山採るこつだということで、出かけたのは耕さんが見定めた平日の朝の五時ごろだったのだ。

「何処の山で採ってもいいんですか」

ぼくが聞くと、入会《いりあい》の習慣が残っているから、基本的にはどこでもいい。だが今日行くのは国有林だということだった。住田には二万九千ヘクタール余りの山があり、そのうちの八千ヘクタール余りが国有林だという。また県有林と町有林が併せて九千ヘクタール余りあり、山菜やキノコならそれらのどの山で採るのも自由らしい。

そしてそれらの山のなかでも、手入れをせずほっぽらかしになっている国有林が一番キノコが繁殖する場所なのだという。

「昔は、営林署っつうものがあって国が先頭にたって木を伐採して、山をまる裸にして歩いだもんだったが、木が金になんなぐなってがらは、ほっぽらがしなのさ。お蔭で、伐採した跡が雑木林になって、いいあんばいの林になってんのさ。まったぐ営林署なんつうのは何のためにあったもんだったのが、未だに分がんねえ」

国の施策をあざ笑うような響きがあった。耕さんの権力批判は、福島の友人からの仕込みのようで、鋭く容赦がなかった。

軽トラの中でそんな話を聞いているうちに目的の山に着いた。場所は赤羽根峠の中腹辺りで、峠の向こうは遠野だと言う。耕さんが車を停めたのは谷川沿いに走っている林道のふくろになっている草地だった。

「この川こそ、気仙川の源流なのさ」

竹で編んだ籠を背負いながら耕さんは言った。

そこから少し沢路を上流に向かって歩いた。川の両側から刻み込むようにしてそそり立っている谷の斜面には、高木が丈を争うようにして伸びている。

「谷の樹っつうのは、どういう訳が、日照時間が少ない割にはひょろひょろど上さばり、よぐ伸びるもんさな」

と言って前方を見つめながら、

「トチノキどサワシバが多いな。んだが、紅葉には未だ少し早いようだな」

と独り言のように呟いた。

斜面の林は、すでに勢いを失ったグラスグリーンの隙間から、黄色味を帯びた葉が抑えようもなく顔をのぞかせ、煙るように差し込む朝日の中で鈍い光を放っていた。

しばらく沢路を登って行くと西側に別の谷間が切れ込むように開けている場所に出た。両側になだらかな斜面の雑木林が見えている。

耕さんはその北側の林に歩を進めた。じっさい林の中は陽の光がほどよく差し込み、分け入るという表現が憚られるほどさっぱりと開けた感じで、地表を覆う枯れ葉もよく乾いており、踏みしめると心地よい弾力があった。林に入って間もなく、

「ほりゃあ、そごにあっぞ」

ふいに耕さんが叫ぶように言って前方を指さした。見ると地面が窪んで湿地のように枯れ葉の腐食した場所がある。そこに何かの倒木が横たわっているが、キノコは何処にあるか分からない。うろうろと目を泳がせていると、

「その倒れだナラの樹の根っこを見でみろ。もっさど生えでいんべゃあ」

と指をさす。ぼくはあわてて窪みの上にアーチを描いて倒れている木の傍に近寄って行った。見ると皮が剥がれ落ちて木肌をさらけ出していると思っていた明るい褐色の部分がじつはそうではなく、大ぶりのナメコのようなキノコが未だ傘も開かずに密生しているのだった。

「うわあー」

ぼくは胸を高鳴らせて傍に駆け寄った。そこにはオレンジ色の耀きを放ったキノコがいちめんにびっしりと木肌を覆っている。

「これ、食べられるんですよね」

「ボリメギだ。薯の子汁にしても油炒めにしても、うんめえぞ」

「これだけで、もう一杯になるんじゃないですか」

耕さんの背中の籠を指して言うと、意外にも、

「それは帰りに考えべえ」

と言って素通りするつもりのようだ。

そのまま斜面を少し上ると、雑木の林にマツが多くなってきた。にわかに天井が高くなり、

明るく風通しのいい、清浄な空気に包まれた。

「アカマツとコメツガの混生林だ。こっからはマツタケの畑みだいなもんだおや」

言いながら耕さんは、油断なく四方に目を配った。間もなく、

「ほりゃあ、そごにあっと」

と今度こそ、本当に高ぶった声を出した。あわてて耕さんの目線の先にあるマツの根方を追ったが、ぼくにはその所在が分からなかった。

耕さんはあわてる風もなく歩を進めると、一抱えほどもあるアカマツから二メートルほど離れた場所にしゃがみ込んだ。そこはマツの根が地上に隆起して段差になっているところで、近寄ってよく見ると、段差下の枯れ葉の間から栗色をした球形のものが幾つか覗いている。

それがマツタケだと分かったとき、ぼくの胸は先ほどよりももっと強く鼓動を打ち始めた。このときぼくは、ある種の大人たちがキノコ採りに熱中するわけが初めて理解できたように思った。それはちょうど釣りで大物の手ごたえに遭遇し、胸をはやらせながら糸を手繰り寄せるときの気分に似ていた。

耕さんは両側の枯れ葉を用心深く取り除け、丁寧にマツタケをもいだ。やがてふた握りほどの丈がある大ぶりのものが三本、一握りに余るほどのものが四本、その場で計七本のマツタケを攫取《かくしゅ》した。枯れ葉の上に並べられた七本のマツタケを、ぼくはしばらくうっとりとして眺めた。するとあの独特の腐食した木の皮のような匂いが、ある種の切なさを伴ってぼく

の鼻腔を刺激した。

耕さんはと見ると、マツタケを採った跡を丁寧に埋め戻していた。耕さんは、それからも次々とマツタケを見つけたのでぼくは、間が途切れることがないほど取入れにつとめなければならなかった。耕さんはその都度、採った跡に元の枯れ葉を戻してやって穴が分からないように塞いだ。

「それは何のためにやるんですか」

マツタケの在りかを、他人に分からないように偽装するためだろうと見当をつけながらも、聞いてみた。すると、

「マツタケの菌が逃げないようにして置くのさ。こうやってれば、来年もまだ同じ処さ生えるんだ」

と、予想外の返事が返ってきた。

収穫したマツタケは、葉っぱの繁った傍らの灌木の枝を手折って籠の下に敷き、砕けないように慎重にその中に収められていった。

ぼくたちはそれほど広い範囲を歩き廻ったわけではなかった。範囲から言うと五百メートルぐらいのものだが、それでも狭い範囲を上がったり下りたりするので、結構歩き廻ったような感じがする。

その上、厚いスポンジのような腐食層の上を目を左右に動かしながら慎重に歩むためか、

けっこう時間は費やしていた。耕さんが背負う籠の七、八分目ぐらいがマツタケで埋まったころ、アカマツの少ない広葉樹の林に差しかかった。すると間もなく耕さんが、

「有ったどう！」と、歓喜と言っていい声を張り上げた。

「やっぱり有ったったなあ。この場所は、毎年生《お》がる処なんだなぁ」

浮き立つようにしながら駆けて行く耕さんの後から、ぼくも遅れまいとして附いて行った。

「ほあぁ、でっかい。これはまだ見事なもんだなやぁ」

しゃがみ込んだまま見惚れている耕さんの肩越しに覗いてみると、馬糞かと見紛うような気味の悪い濃褐色のゆがんだ塊が見えた。

「なんですか、それは」

「バグロウだべえよ。正式にはコウタゲど云うんだども、おらは餓鬼の時分がらバグロウど呼んでる。世間ではマツタケばり有りがだがるども、おらはこのバグロウごそがキノゴの王様だど思っている。こいづごそ重宝なものさあ」

手放しの喜びようだった。耕さんはおよそ二十メートルも先から、このキノコを見つけたのだ。マツタケの時と比べれば確かに耕さんの中では、このバグロウこそが今日の目当てであったに違いない。

正式名称コウタケは、やわらかく地を這っている小さな草木の間に、胡坐をかくようにして大ぶりの傘を広げている。しかも一本だけではない。横に重なり合うように繁殖して五つ

も六つも生えている。大きいものはあらかた直径が三十センチほどの傘を持っており、表面はゆがんだ濃い褐色で一面に角《つの》のようなささくれがある。

耕さんはそれらのひとつひとつを、傷つけないように根元から慎重に抜き取ると、丁寧に籠に収めた。籠はそれで満杯になった。

「ようし、今日はこれで打ち止めにすんべぇ」

満足したように言った。

「ここは、まだまだ有りますね。また来れますね」

ぼくが言うと、

「一年に一回でいい。山の物は取り尽すもんでねぇ」

といたって欲がない返事だった。

「これはどうしますか」

帰り路で、最初に発見したボリメキの処に差しかかったとき聞くと、

「持ぢきれながんべぇ、これはこのまま置いていくべえ」

と言った。

「キノゴも震災後はしばらぐ採れながった」

軽トラに乗って山を下りながら耕さんが感慨深そうに言った。

どういう事か？　独り言のように語る耕さんの言葉に耳を傾ける。

「放射能が有るっつうもんでな。山菜だのタケノゴなんかも三、四年ばりはダメだったな。おがげでおれのほまづ（余禄）はわやだったな」

「こんなところまで汚染されたんですか」

「んだ。程度の差はあっても、あらがだ東日本全体が汚染されだべよ。ごいらでは補償の請求はしながったべども、こういうのも全部数えだら、損害の規模は計り知れないべものや」

「凄まじいもんですねえ、原発事故というものは」

「ほんでも外さ漏れた放射能はたったの二パーセントぐらいなもんだったたって言うんでねが。本格的な爆発になったらば、チェルノブイリのごど、語ってられないべさ」

「それでも再稼働を始めるんですからねえ。常軌を逸してますねえ」

「んだ。常軌を逸してる」

　採ってきたキノコを耕さんは、ヒバの葉を敷いたポリの器に取り分けた。マツタケだけで十六パックになった。そのほかコウタケやクリタケ、アミタケなどを合わせると三十箱以上になった。それを耕さんは二つの段ボール箱に丁寧に収めて蓋を閉め、ガムテープで止めた。

「何処へ出すんですか」ぼくが聞くと、

「ほとんどは今日中に世田米のスーパーさ持っていぐんだども、三分の一ぐらいは明日の朝、種山の産直さ持って行ぐべえ。前がら頼まれで居だったがらな。本当は産直もその日のうち

に出すのが一番いいんだどもな。明日は土曜日だがら、圭祐も行ぎだがんべえ」と言ってから、

「盛岡どが仙台さ持っていぐど、二十万は下らないしろものだどもな」

と屈託のない笑みを見せた。その他に耕さんは、マツタケの特に立派なものを三本、壊れないように柔らかい紙にくるんでから小さな小包を作った。

「こいづは、福島さ送ってやんべ。電力会社ど訴訟までして闘っている友だちさの、エールだべや」

その日のうちに世田米まで行き、キノコを街のスーパーに下ろし、そこから小包にしてきたマツタケを宅配便で福島の友人に送ってやった。

十四

翌日は土曜日で、種山の直売店にキノコを持っていく予定になっている。圭祐くんも一緒に行くというので、佳乃さんの軽のスバルを借りて三人で乗り込んだ。

「妙な空あんばい、だなや」

車に乗り込む前に空を見上げて耕さんが言った。釣られてぼくも見上げると、鈍く輝く太陽と、その光を絶えず遮ろうとする陰惨な雲とがせわしなく交差する、変な天気だった。

実は種山と聞いてぼくの気持ちは、前の日から密かに浮き立っていた。

と言うのも、種山高原は長いことぼくの心の中で、憧憬の場所だったからだ。だが同じ気仙地方に住んでいながら、これまでついぞ訪れる機会のなかったところだった。

それでもおおむねの地理は頭に入っている。

大雑把に言うと住田町には二本の幹線道路が貫通している。一本は大船渡市側から住田の荷沢峠を越えて盛岡方面に向かう国道107号線。もう一本は陸前高田市側から赤羽峠を越えて遠野に向かう国道340号線だ。二本の国道は住田町に入って一旦合流するが、下有住入口の川口で再び盛岡方面と遠野方面に分かれる。

この盛岡に行く107号線が川口という処で別れてからほどなく小股という地域で、奥州市方面に行く397号線に分岐する。この欧州市側と住田との間に横たわっているのが標高八百七十一メートルの種山高原である。種山高原は麓の小股を西に登っていった頂上付近に開けているはずだ。

車中では例によって耕さんの蘊蓄《うんちく》が始まっている。

「宮沢賢治がよく来て、種山を舞台にした詩だの童話を書いだごどは、お前《みや》さんも知ってらべども」

と前置きして耕さんは語り始めた。

「この種山が原は、昔で言えば三つの郡にまたがっていでなや」

耕さんの説明によれば種山高原は東磐井郡と江刺、気仙の三郡にまたがっており、その尾根はそれぞれの郡境をなしているということだった。

そもそも住田町というところは南西から南東にかけて一関市、陸前高田市、大船渡市、北西から北東にかけては奥州市、遠野市、釜石市の六つの市によって囲まれている。そのうち陸前高田市とだけはわずかに気仙川沿いの平たんな街道でつながっているが、他の五つの市とはいずれも険しい山岳によって阻《はば》まれていて、昔から峠を越さなければ行き来が出来なかった。そのうちの奥州市との境を形成しているのが種山高原である。

広大な高原は藩政時代には伊達氏の馬の放牧地として使用され、明治から大正にかけては軍馬育成の基地として利用された。

昭和になってからは農林省の国営牧場が設置され、戦後の同二十四年からは県に払い下げられて岩手県の種山牧場となり、新たに五百町歩が草地に造成されて牛馬が放牧されるようになった。

およそそうしたことを耕さんは、種山に着くまで語り続けた。ぼくも圭祐くんも熱心に耳を傾けた。

直売というのは種山高原の頂上付近にある『ポラン』という町営の道の駅のことだ。そこでは木材で作った工芸品やビン詰め、真空パックにした地元の特産品や季節の山菜、キノコなどを販売していた。

「ポランというのは宮沢賢治の童話、ポラーノの広場に出てくる広場の名前であります」

圭祐君がいかにも自分の物知りを、自慢するように言った。だが、そのぐらいは自分だって知っている。いや、過去にたしか聞いたような気がする。

「おじいちゃんのフクジュソウは、ここで販売されているんであります」

なるほどそうか。耕さんの横技というのはそういうことであったかとぼくは、改めて新しい発見をしたように思った。

「けっこう良い値段で売れているんであります」

「あはははは、圭祐は何でもよく知っているなあ」

耕さんはこまっしゃくれた口を利く孫の頭をなでながら笑った。

それからマツタケのパックの入った段ボール箱を持って店に入ると、売店にいた女の人が待っていましたというように、大いに喜んで受け取った。

『ポラン』を出てから車で前の国道を横切り、突き当りを左の山道へ入って行った。

狭い林の中を少し走って林を抜けると、ふいに周りが明るくなり、目の前に広い高原が開けてきた。高原の中の道を走って行くとほどなく、前方の小高いところに、丸いドーム型の屋根のようなものが見えてきた。ぼくが質問しようとする間もなく、圭祐くんが言った。

「あれは、無人の気象観測所であります」

観測所の下の方を大きく回り込む具合に道を上がっていくと、クマザサの生い茂る間に駐車場のような広い地面が見えた。

「此処さ車置いで、あどは歩って行ぐべゃあ」

クマザサの間の細い道を抜けると前方に、なだらかな起伏に富んだ広い高原が、波打つように開けていた。東側の頂上付近に、上ってくる時に見た観測所の丸いドーム屋根が見えている。

圭祐くんが先に立ってそっちへ駆けて行く。

「圭祐がああやってこまっしゃぐれだ口を利ぐのは、あんださ大いに興味を持っているためなんだよ。つまりあんだにたいして、一生けんめいに自分をアピールしているんだべさ」

後ろ姿を眺めやりながら耕さんが言った。それから緑の地面を指さして、

「これはオーチャードどいう牧草だがも知れないな」

と言った。それから改めて宮沢賢治と種山の関わりを話し始めた。

右に目を馳せると、遠くで丘のように盛り上がっている高原のある場所は、たしかに海のように光っている。

宮沢賢治は、ぼくが高校時代に陶酔した童話作家だ。かれが種山高原を愛していくつかの作品を残したことも知っている。農業の指導者でもあった賢治は、酪農の視察でもあったろうかこの高原に、西側の花巻の方から何度も登ってきたに違いない。

したがってぼくは耕さんの説明には、地内の事情によく通じていると思う以外には、とくに新しい感銘は受けなかった。

それよりもこの広々とした高原を覆うオーチャードグラスや、草に降り注いでいる光のグラデーション、野面を渡って吹いてくる透き通った風の心地よさに身を預けている自分を感じ取ることに忙しかったのだ。ふと気が付くと耕さんが上を指さして笑っている。

「どうだや。海より広がんべぇ」

あっ、と思った。今までどうして気が付かなかったのだろうか。耕さんの指の先には、たしかに海よりも果てしがない、広くて底知れなく深い空が広がっていたのだ。

空には山吹き色の太陽が輝いていたが、上空には強い風も有るらしく、勢いよく流れる雲は懸命に何かを叫びながら飛んでいるかのようだった。そのために青い草原はにわかに陰ったり、次の瞬間にはいきなり明るい滝のような光が降り注いできたりして、ぼくの心は霊妙に揺さぶられた。

と、ふいにつぎの瞬間には、広い高原の一面に透き通ったガラスの礫のような大粒の雨がばらばらと降り落ちて来た。雨はたちまち太い線を引いて辺りの景色をぼやかし、砂漠に降る雨のようにぼくたちの衣服に沁みとおってきた。

「圭祐、戻れっ！」

耕さんが叫んだ。ぼくたちは慌てて車まで走った。走りながらもぼくは、奇妙に爽快な気分を味わっていた。それは、皮膚に直接差し込んでくる、冷たく懐かしい自然の語りかけのように思えた。そう云えば、ずいぶん長い事、こうやって雨に打たれたことがなかった。

子どもの頃は夢中になって遊んでいる最中に、よくこのようににわか雨に打たれることが何度もあった。濡れネズミになって家に帰り、母親に小言を言われながらも乾いた服に着替えさせられた時の、情けないような嬉しいような気持が、切なく胸の中に甦《よみがえ》ってくる。

車に向かって走りながら雨に湿った風が谷川を流れる水のように冷たく、ぼくの顔と首筋を撫でて行くのを心地よく感じていた。雨は降り籠めるというのではない、優しく大地に潤いを与えるかのような降り方だった。


家に帰ると耕さんは、昨日のスーパーの売り上げと併せた十万円余りの売り上げの中から、圭祐君に二万円、ぼくに三万円をのべてよこした。

「小遣いっこにしろ」

圭祐君は目をはち切れるように見開くと、うやうやしく二万円を受け取った。だがぼくは「いりません」と言って断った。

「なんでえ、金は邪魔になるもんでねえべさ」不審そうな表情をする耕さんに、

「お金はあるんです。むしろこっちから宿賃を払わなければいけないと、思っているくらいですから」

と言った。すると耕さんは、

「そったら物はいらねゃ。この頃だら、あんだを息子……家族だど思ってるんだ」

と呟くように言った。それから自分の言葉の余韻を打ち消すかのように、ぼくに伸べた三万円を圭祐君に遣って、

「無駄遣いしないように、かあちゃんにやんだ」と言った。

ぼくはお金に不自由している訳ではない。母がぼくが未だ子どもの頃から生命保険を掛けてくれていたし、震災後、父と兄の災害見舞金が国と自治体から出ていたからだ。そのうえ災害危険地域に指定された家の敷地を市が買い取ってくれることになっている。ぜんぶ併せれば妹と分けても、家が一軒建てられるくらいの金額にはなった。

家族が亡くなってからぼくは、いっぺんに小金持ちになっていたのだ。だが、生きる気力が日に日に萎えていっていたし、やりたいことも何にも無かった。たいがいの事はお金で解決できると言う人もいるが、本当に生きる力というのはお金では得られない。

十五

圭祐くんの鹿踊りの稽古は、「ポラン」に行った翌日の日曜日から始まった。場所は国道を少し下った麓のコミュニテイ・センターで、圭祐くんの送り迎えはぼくが引き受けることになった。

昼下がり、耕さんの軽トラを借りて道を下って行くと、前方を走っていたやはり軽トラックが突然止まった。止む無くこちらも停止すると、運転席から肩を半分出した男の人が、道の片側を歩いていた女の人に向かって何か声をかけている。

「しのぶちゃん、何処さ行ぐ。乗せでやっから乗はれ」

「良治さんだ」

圭祐くんが言った。女の人はしょっちゅう耕さんの世話をやきに来る、下の家のしのぶさんだった。

「嫌《や》んた」

しのぶさんは言下に断って、そのまま歩き続ける。

「何してよう。歩いで行ぐより、よっぽど良がんべど。遠慮すっこどねえがら、ほれ早ぐ乗はれ乗はれ」

良治さんはノロノロ運転に切り替えて、食い下がっている。

「嫌んた。セクハラされっから嫌んた。早ぐ行って行って」

しのぶさんが手で追い払うような仕草をする。ただの遠慮からではなさそうだ。良治さんは恨めしそうに睨んでいたが、やがて諦めたように走り出した。

気が付くと助手席の圭佑君が手で口を押えて「くくくくっ」と笑いころげている。

ぼくもおかしくなってつい、「あははは」と笑ってしまった。

荷切《にっきり》のセンターに行くと、甚吾さんのほかにぼくと同じ三十を少し過ぎたぐらいの惣次という人と、ほかに甚吾さんの孫の隼人くんと甥の佑三《すけぞう》という人が来ていた。

佑三さんはぼくと惣次さんより三つ四つ年上ぐらいの人で、甚吾さんから紹介されると馬みたいに長い顔に、どこか不安定な笑みを浮かべて頭を下げた。

隼人くんも小学生で、圭祐くんと同じぐらいの学年のようだった。

「君も踊るの」

惣次くんに聞かれたのでぼくは笑いながら首を横に振った。どうやら踊り手はいまのところ圭祐くんを入れてもこの四人だけらしかった。

隼人くんははたして圭祐くんと同じ小学四年生ですでに顔見知りらしく、二人はたちまち意気投合したようだった。

センターの壁には、外舘鹿踊りの由来を示す古文書のコピーが麗々しく貼ってあった。

仰山鹿踊りの事

一、九耀御紋のこと　　　一、菊御紋のこと

一、竹御紋のこと　　　一、蟹御紋のこと

一、麻上下御紋のこと　　一、鳥毛前垂れのこと

一、お宝物のこと

右之通り御紋御拝領部着用等御免仕事

文政六年　五月

大原　　山口喜右衛門友宜　㊞

「此処の鹿踊りは、大原の仰山流山口派がら習ったものなんだ」

甚吾さんがコピーに目を通しているぼくに言った。耕さんの情報は正確だった。

それから甚吾さんは、皆に聞こえるように鹿踊りの説明を始めた。

昔、山城の国に山口城という城があって、ここの家来の何人かが訳あって主家から離れることになった。家来たちは縁を頼って伊達藩領の大原にきて土地を与えられ、そこを開拓して住み着いた。その集落は山口と呼ばれるようになった。はじめはなんとか大過なく暮らしていたがある年凶作に見舞われ、それが七年も続いた。

村人はたいそう困って祈祷師を呼んで占ってもらうことにした。占いによると果たして凶作は鹿の崇《たた》りによるものだということであった。これまで山口の人たちは、畑を荒らす鹿を大量に殺してきていたのだ。そこで鹿の霊をなぐさめるために鹿踊りを考案し、拵《こしら》えた鹿の仏前で供養のために踊りを披露した。そうしたら翌年から不思議に豊作になったという。鹿踊りを考案したのは、大原の山口屋敷に奉公していた又助というもので、これが鹿踊りの起源だという。

「仰山というのはその当時、伊達藩侯の前で鹿踊りを御披露申し上げだどごろ、仰山なり仰山なりど、お褒めの言葉を頂いたとどごろから付いだ名前だど伝えられいるです」

以上のことを甚吾さんは誇らしさを隠そうともせずに言った。仰山というのは今で言えば、「あっぱれ」というぐらいの意味だろう。

甚吾さんによれば鹿踊りは、本来なら九人で踊るものらしい。縦横三人ずつの方形に隊列を組み、真ん中の列が前から中立ち、女鹿、しんがりと続き、両脇が前から左口輪、右口輪、中の列の両中口輪、後ろの後口輪と並ぶ。踊りの中心は中立ちで、真ん中の女鹿を護るように踊る。

今の荷切の集落では子どもを含めて六人を揃えるのがようやくなので、真ん中横一列の女鹿と中口輪は省略せざるを得ないと甚吾さんは、無念さを滲ませて語った。

稽古に入る前に甚吾さんは、祭りのときの鹿踊りの写真を見せて説明しながら、同時に公民館の押入れに保管してある踊りの装束を見せてくれた。

押入れというよりは収納庫と言ったほうがいい二間ほどのスペースに、頭《かしら》や畳んだ衣類、太鼓などが保管されてあった。

「元はおら家の蔵さ仕舞い込んであったもんだったども、なにせ蔵が古ぐなってしまって壁は落ぢるわ、雨漏りはするわでねんす、傷まない内にど思って、此処さ移動したんでがんす」

鹿頭《ししがしら》は普通の獅子舞の頭よりはずいぶん小さいもので、水平に並ぶ歯並みは変わらないが、頭毛の間からのぞく吊り上がった目は、鹿の精霊を感じさせるかのように鋭く金色に輝いていた。踊る時はこの頭を、頭上に結わえ付けて踊るという。

「踊りの邪魔にならないように軽い桐材で出来ているのす。髪は馬のたてがみを使っていで、長いほど風にたなびいで踊りを引き立でるものっす」

そのほか顔の周囲に張り巡らせる九耀紋の入った垂れ幕とか、紺地に地車の紋を刺繍した袴、腰に吊るす大口《おおぐち》という縁取りのある方形のゴザなどを甚吾さんは、それぞれ愛おしいものであるように手で撫でながら、順次紹介した。

ぼくが気になったのは、背中に着けるという長さがゆうに三メートルはあろうかと思われる長い割竹に白い紙を巻き付けた、ササラというものだった。果たしてこれを背負って、自由に踊れるものだろうかと訝《いぶか》しんでいると、

「これは正式には神籬《ひもろぎ》と言って、神前での幣束に相当するものです。踊りの邪魔にならないがど思うべども実際はその逆で、踊ってみれば分がるども、左右に揺れる時、重心の役割を果だしてくれで、かえって調子が出るものっさ」

と、実に明解に説明してくれた。

主としてぼくに向かって熱心に説明するので、もしかして甚吾さんは、ぼくを鹿踊りに引き込む算段ではないのかと、密《ひそ》かに怪しんだ。

果たしてひと通りの説明が終わって稽古に入ると、甚吾さんはぼくに向かって、

「さ、さ、あんだもはまって、はまって」

と有無を言わさぬ気配で言うと、ぼくを踊りの中に加えた。強く断る勇気もなく、仕方なしにぼくは、稽古の輪に入ってしまった。

家に帰ってから耕さんに言った。

「甚吾さんは、ぼくも鹿踊りに引き込みたいようで、今日は半ば強引に練習をさせられました」

困ったという目を振り向けたぼくに耕さんは、

「あの人の、郷土の伝統芸能を残したいどいう思いは切実なもんだべものな。鹿踊りの庭元どしての誇りは、並々ならないもんだべよ」

と半ば甚吾さんへの理解を示すようなことを言った。暗にぼくにも協力してやれと言っているように聞こえる。それから、

「命も残り少ない事が自覚される年になるど、何もかにもが大切に思えでくるもんでな。若い人にはつまらなぐ見えるものでも、年寄りには意味のあるものに思えてくるもんだものや。ま、人生への未練のようなものだとはぁ、思うんだどもな」

なんだか煙に巻くような言い方にも思える。

十六

鹿踊りは結局五人での練習になったが甚吾さんは最終は六人を想定してのものにすると言った。甚吾さんには六人目の目当てがあるらしかった。

稽古は初めは装束なしで踊った。鹿踊りは本番では三メートルもの高さのササフを背負い、前に太鼓を吊るしての踊りなので、おのずから複雑な動きは出来ない。首を左右に振り動かしたり上体を屈伸させたり、飛んだり跳ねたりの繰り返しが多い。

だが甚吾さんは、そうした単純な動きの中にも、髪を振り乱したり、そそり立ったササラが一斉に揺れ動くような様が鹿踊りの美しさで、それには一糸乱れぬ揃いが大切なのだと言った。単純な動作の繰り返しなので、ぼくたちはたちまち踊りをマスターした。

まもなく頭を頭上に結びつけ、太鼓をぶら下げ、ササラを背負っての稽古に入った。これからが本格的な稽古なのだと甚吾さんは、覚悟を迫るように言った。

その日、稽古を終えて帰ろうとするとき甚吾さんが、ぼくの傍に寄ってきた。

「じつは女鹿が欲しいのさ。女鹿が入るど、全体が華やぐのす」

甚吾さんは秘め事を明かすように言った。そしてこの際に是非、佳乃さんに加わって欲しいのだと率直に打ち明けた。あげくの果ては、

「なぞったべな。あんたがら、佳乃ちゃんに頼んでもらう訳にはいがねべがな」

と、茶色いシミに覆われた顔を、半ば懇願と言っていいほど切なく歪めて、ぼくの顔を見つめた。ぼくは前に、甚吾さんの狙いは自分ではないのかと思ったことを密かに恥じた。甚吾さんの狙いは初めから佳乃さんで、ぼくは単に、〈将を射んとすれば、馬を射よ〉の馬でしかなかったのだ。

仕事から疲れて帰って来てからの稽古はきびしいだろう。ぼくは初めから半ば断られることを予想して、甚吾さんの伝言をただ伝えるだけの、メッセンジャーの役回りに徹した。だが、熱のこもらない伝言であったにもかかわらず佳乃さんの返事は、予想を裏切るものだった。

「三人で鹿踊りも、楽しいかもしれないわね」

次の稽古のとき三人で行くと甚吾さんは、「これで六人揃った」と手放しの喜びようだった。佳乃さんは中立ちの後ろで、いつもならしんがりが立っていた位置に場所を占めた。踊ってみると佳乃さんは細身でスタイルがよく、三十半ばとは思えぬほどのしなやかな身体ときびきびした動作を見せた。

甚吾さんの狙い通り、確かに女鹿が入ると全体が新鮮な色香の漂う、華やいだものになった。

踊りには礼唄という庭や家や門構えをほめる『門付け芸』が多く、短く簡単なものが中心だった。ほめ唄は例えば次のようだ。

寿福には、地神荒神お建てある
　入りて拝せやあらぬ御所かな　あらぬ御所かな
参り来て、これがお庭を見申せば
　四方四角の枡形の丹羽　枡形の庭
参り来て、これが屋形を見申せば
　入棟造りにこけらば葺《ふ》き　こけらば葺き
参り来て、これが厩《うまや》を見申せば
　八つ鼻揃えて名馬八匹　名馬八匹

踊りの中に『女鹿盗り』というのがあった。これは二頭の鹿が女鹿を攫《さら》って隅に蹲《うずくま》っているところへ、中立ちとその仲間が助けにくるという設定の踊りだった。

笹の中なる女鹿をば
　うばい盗られし狂い鹿　狂い鹿
天竺の女鹿牡鹿下り来て

中立ちの鹿は頭を近づけたかと思うと敵の二頭を片足で跳ねる真似をする。だが逆に追い返される。これを三度ほど繰り返したあと仲間を連れて近づき、ついには女鹿を連れ帰すという物語性のある踊りだった。

だがぼくの役はその女鹿を攫《さら》う悪い方の鹿で、女鹿は中立ちの惣次くんと絡まる場面が多かった。

甚吾さんの指導は実にきめ細やかで、単純な動作の中にも中立ちと女鹿との交情を示すちょっとした仕草や、逆に女鹿を攫った悪漢の鹿、つまりぼくと佑三さんに対する女鹿の嫌悪を示す所作を微に入り細にわたって教えてくれる。

踊りながらぼくは、中立ちの惣次くんに秘めやかに嫉妬を覚えていた。

練習に通ううちに僕はしだいに本気になっていった。それには圭祐くんと隼人くんの影響が大きい。圭祐くんと隼人くんは子どものせいもあるが、きびきびした動きに加えて身体が実にしなやかだった。したがって全体の動作が大きく見え、跳ねる姿などは見ていて小気味がいいほど恰好が良かった。

甚吾さんがもっとも熱心に踊りの手ほどきをしたのは甥の佑三さんに対してだった。

佑三さんはどういうのか、少し発達障害のようなところがあって、勘が鈍いためなのか動作がのろく、なかなか皆と揃わなかった。

「にたにた笑うなっ！」

始終甚吾さんに叱られながら、それでも熱心に覚えようとしていた。

「圭祐君。踊りがずいぶん上手くなったね」

ある日、上の畑に出ていたとき僕はそう言ってみた。すると、

「ぼくはもっともっと上手くなって、物見山で踊ってみたいんです」

という返事が返ってきた。

「それって、種山高原の頂上で、鹿踊りを舞うってことかい」

「そうです」

物見山とは種山高原の頂のことだ。

そのときぼくの気持ちの中で、密やかに胸を揺るがせるような鼓動が鳴り響いた。すると圭祐君がぼくの気持ちを見透かしたかのようにいきなり大きな声を出すと、宮沢賢治の有名な詩を口ずさんだ。

海だべがど　おらおもたれば
やっぱり光る　山だたじゃい

ホウ
髪毛　風吹けば　鹿踊りだぢゃい

詠ずるというか吟ずるというのか、とにかくそのような謡《うた》い方で、途中から頭を振りながら踊り出した。すると圭佑くんの踊りに合わせるかのように風が吹いてきて、いきなり背後の林をざわざわっと揺るがせた。

〈風の又三郎だ！〉

無心に踊る圭祐君を見て、瞬間ぼくはそう思った。

十七

朝から雨が降った。初めのうちは家の周りの林を打つ、サーというしめやかな音だったが、昼にはザーと篠突くように降り荒《すさ》ぶいてきた。窓から外を眺めると無数の雨の筋が谷間の光景を曇らせている。佳乃さんと圭祐くんは勤めと学校だ。耕さんと二人で椅子に腰かけながら所在もなくぼそぼそと会話をしていたが、すでに間が持たなくなっていて、ぼくの気持ちはしだいに重く濁ってきていた。

「元気ねな。何考えでんだ」

耕さんが心配になったように聞いた。

「このごろ、此処に、このまま、居続けてもいいのだろうかって……」

「おれん処なら、いっこうに構わないどもな」

「迷惑もそうですけど、なんだか現実から逃避して隠遁生活を送っているような気がして、どことはなしに肩身が狭いような気がするんです」

不安が募ってくるような気がして、身を縮めながら言うと、

「それはぁ、違うぞ」

ふいに耕さんが、淀んだ空気を引き破るように、声に力を籠めて言った。

「この村ぁ見でみろ。どごを見でも年寄りばりで、今にも消えで無ぐなってしまいそうだ。若い人はさっぱり居なぐなって、寂しさだの心細さだの、居だたまれないような孤立感に時どき襲われる。人恋しさに身の細るような焦りを覚える時がある。それが過疎づうもんだ。ほんでも皆《み》んな、死ぬまでは頑張って張り付いでいるんだ。こんな山の中の村でも、過疎でも、人は、生きでいがねばならないんでがんすと」

言ったあと、興奮を鎮めるようにいっときロをつぐんだ。それからまた、

「どうしようもなぐ過疎が進んで行ぐ村で、必死に命を護りながら居続けるっつうごどは、それだけで何がの意味があるべよ。こんな小さな集落だども、住んでいる人間にとっては、何さも替えられない大事な場所なんだ。これが消えで無ぐなってしまうっつう事は、自分の過去も未来も無ぐしてしまうようで、身体がら心臓を抜き取られるぐらい寂しい事なんだ。

んだがら皆んな、なんとが頑張ってんのよ。おれにはむしろ、ここがら出はって行くごどの方が、逃避のように思えるどもな」

それだけ言うと耕さんは、むっつりと口をつぐんでしまった。しばらくして、

「こんたな日は、昼酒でもやんべが」

と気分を変えるように言って、『浜千鳥』を下げてきた。この時間に働いている佳乃さんや圭祐くんに少しばかり罪悪感を抱きながら、二人で茶碗酒を啜り始めた。耕さんがつと立ち上がって固定電話のところに行った。受話器を取ると、

「しのぶちゃ。まだ少し早い時間だども、今から始めっとごだが。いづもで済まないども、何がしばでっこ有っか」

と言った。下向かいのしのぶさんに、酒の肴をねだったらしい。耕さんにしては珍しいことだった。


「しばらぐ車椅子押してけでだったども、わずらわしいど思ったり面倒だと思ったりした時もあったわけだが、それでもただ一緒に居るってだけで幸せだったんだなあって、独りになってがら気づいだような訳で、ま、夫婦ってもんは、そういうもんだべな」

話は、いつの間にか耕さんの亡くなった奥さんのことに及んでいた。

「なにせ五十年もいっしょに過ごした訳だから、親よりも子どもよりも誰よりも長い間いっ

しょに暮らしてきたわげだがら……」

ぼくは自分の両親を思い浮かべた。そうなのだ。夫婦というものは成り行きにもよるが、兎にも角にも人生で誰よりも長く生涯を共にするものなのだ。

「人っつうものは、生ぎでいるかぎり誰がの役に立っていなげればなんねえもんだ。たとえそれが一人だげでも、その人にとって大切な存在でなげればなんねえ。おれにとって嬶ぁはそういったもんだった。したがおれは、あいづにとって役に立っていだのが、本当に大切な存在だったのがって、いまでも疑っているんだ……」

話が湿っぽくなっていた。ぼくは思った。今の自分は誰にとっても大切な存在ではなく、何の役にも立ってはいないと。

しだいに気持ちが暗くなってきたとき、表の戸を開けてしのぶさんが飛び込んで来た。戸を開けたまま傘の水を外で払うと中に立て掛けてから、ぶら下げてきた買い物袋をほどいてタッパーを二つ取り出した。中には白菜とカブの漬物ともう一つの方には煮しめがびっしりと入っている。

「こんなに持って来たんでは、あんだの家で食う分がなぐなってしまうべな」

「いいのよ。残り物だから」

「あんだの家では、年中煮しめ炊いでんのが」

「いやだ、今日はお彼岸ですよ。おら、雨がこったにひどぐならない内に、亭主の墓参りさ行ってきあんしたが。耕さんは行ってきたの、栄子さんのお墓参りさ」

「ああ、忘れった」と言ってから、

「なに、墓に入っていんのは、ただの骨の遺《のこ》り滓《かす》だけだでば。納骨だの散骨だの、墓参りだのって、人は皆、骨にこだわる訳なんだども、人間の身体の九割がたは、焼却窯で燃やしているうぢに水蒸気になって、大気中さ飛び散って行ってしまうんだ。〈千の風になって〉どいう歌っこが有っとも、あれはまんざら嘘でもながんべよ。人間は死ぬど千にも万にもなって、宇宙の一部ど化してしまうんでないがなあ」

「その時人間は、おそらく時間も空間も超越して、あの星や惑星の間を自由に飛び回れるのかも知れませんね」

「たぶんそういう事なんだべなあ」

「ほんだがら、墓まいりさば行がないってすか」

しのぶさんが責めるように言うと、

「おらは、山さ向がって拝むのさ。山は神さまの帰る場所であり、住む場所でもある。そもそも神さまの生まれだ場所でもあるんだや。多ぐの信仰が山がら生まれだのは、多分、縄文の昔っから、人間の暮らしを支えできた、川の水分《みまくり》の場所でもあっからだどおらは思ってるのさ」

　何となくそれらしくも聞こえるが、煙に巻いているようにも聞こえる。

「おらには、そういう難しい話っこは、分がらないもの」

しのぶさんはすねたように言うと腰を上げた。

「そっから卵、好ぎなだけ持っていげ」

戸口近くの板場に積み上げてある卵パックの山を指して言った。

「さっきの話、分かるような気がします。ひょっとしてぼくが死にたくなったのも、そんなところへの憧れのような気分も、あったからなのかも知れません」

しのぶさんが帰ったあとでぼくは言った。


「本当は車椅子のあいづを世話するごどを嫌だど思ったごどなんか一回だってながったんだ。反対に世話しながら、これまでの罪滅ぼしをやっているんだって、世話するごどに少しずつ自分の罪が軽ぐなっていぐんだって、そんな風な気持ちだったなあ」

車の音がして佳乃さんと圭祐くんが帰ってきた。いつの間にか雨は小止みになっており、外は日が暮れていた。

「二人で何、陰気くさい真似してんのよ」

佳乃さんが叱るように言って、電気を点けた。

「今日は疲れて炊事したくないから、スーパーで弁当を買ってきたわ」

圭祐くんがまっ先に飛びついて、のり弁の蓋を開けた。

「今日は終日、亡くなった奥さんの話を聞かせられていましてね」

「そうなの。珍しいわね、お父さんがそんなにお母さんの話をするなんて」

「きょうはお彼岸だった。すっかり忘れでいだ」

耕さんがそう言ってから、

「結局はあいづを従属させでいだんだど思ってな。おれはそれどは気がつかないで、あいづの誇りを傷つけでいだんだったがも知れない。今どなっては、そんたな事のひとづひとづが、折に触れでおれの心をさいなむのよ」

述懐するように言うと佳乃さんが、

「どうしたのよ今ごろになって。お母さんが亡くなったときにも涙ひとつ流さなかった人が。何事にも動じない人だと思っていたんだけど、心の中では結構堪《こた》えていたのね」

と言った。耕さんはそれは無視して、

「貧乏で、苦労ばりさせできた。生ぎでいる内に、もう少しいい思いをさせでやればいがったって、そればりが心残りでなぁ。そのうぢ温泉さでも連れで行ぐべど思っているうぢに死なれでしまった。そったなことが色々あって、悔やんでも悔やみきれない想いなのさ」

「悔やむことないよ。お爺ちゃんは結構優しかったよ、お婆ちゃんに」

「んだが。そう言ってもらえれば何となぐ、安心するどもな」

「安心していいよ」

佳乃さんはお父さんと呼ぶのが照れくさいのか、圭祐君の目線を借りて耕さんと亡くなった奥さんのことをお爺ちゃん、お婆ちゃんと呼ぶことが多い。

「最後のころは痴ほうが進んでいてね。病院でもう、お父ちゃんのところへ帰る、帰るって叫んでねえ。恥ずかしかったわよ」

佳乃さんの言葉は、耕さんにとって少し辛くはなかっただろうか。ふとそんな気がした。最期に佳乃さんはこう言った。

「でも、いい夫婦だったんだと思ったよ。わたしは、そうなれなかったけど」

呟くような声だった。

「人生に失敗はよぐ有るごった。相手次第なごどだがら、あんまり気に病まないごった」

耕さんが言った。これも呟くような声だった。だが佳乃さんの一言は耕さんにおおいに安堵をもたらしたようだった。いつの間にか耕さんの目には、いつもの安らぎの色が戻っている。ぼくは残った湯飲みの冷酒を、ゆっくりと口元に運んだ。

十八

翌日はからりと晴れあがった空になった。昼過ぎ、電話で角屋敷に呼ばれて行っていた耕さんが帰ってきた。帰って来た耕さんは、表情に生気が浮かんでおり、昨日とは打って変わってえらく機嫌が良かった。

「角屋敷のヒノギを伐るごどになった」

家に上がるなり開口一番にそう言った。ヒノキを伐るという仕事がよほど嬉しいのか、その夜は一晩中耕さんのヒノキ談義を聴くはめになった。

「ヒノギは、福島がら北には自生しない木でな。この辺りのヒノギは、あらがだがそれぞれ自分で植えだもんなんだ」

「ヒノキってそんなに貴重というか、良い材木になる木なんですか」

水を向けると、

「〈ヒノキ造り〉っつう言葉は聞いだごどがあんべぇ。木造作りの最高峰を示す言葉だ。〈ヒノキ風呂〉なんつうのもあるべ。ヒノギは水にも強いんだ」

いっとき夢見るように空に目をやってから、

「奈良さ行ったごどあっか」と聞いてくる。

「ありません」というと、

「んでも、法隆寺は知っていんべえ」

「はい、名前ぐらいは」

「千四百年ぐらい経ってる、世界最古の木造建築だ。あれがヒノギ造りさ」

「へえええええ」ぼくが感心していると、

「ヒノギが出す匂いは、人間にとっては実に心地のいいもんだども、木を駄目にする虫だの細菌にとっては極めで嫌んたものらしくてな。ヒノギは見た目も美しいども、虫だの水さ滅法強い木なのっさ。んで、今どきヒノキ造りの家を建てるなんつうのは、殊の外、豪勢なことだべよ」

と得意そうな顔で言った。そのあとややトーンを落として、

「ただ立派な木になるにはそれだけの理由があってな。周りの養分を根ごそぎ吸い取るもんで山の土がすっかり痩せでしまうのさ。そんなもんでヒノキの後さば植林するもんじゃねえって、昔から言われでんのさ」

と言った。耕さんはじつに分かりやすくヒノキという木について解説してくれた。

森の話をするときの耕さんはいつでも生き生きとしていた。

だがそうした木造文化が消えつつあることは、ぼくだって知らないわけではない。現に被災地のあちこちで見られた集団移転の家々の多くには、いずれも輸入材による合板を使ってのパネル工法が多かった。

耕さんの、角屋敷の屋敷普請に使う材木を伐り出す仕事の相棒は、山田徳次郎さんという人だった。徳次郎さんは荷切の人だが、世田米の街に『山田林業』の看板を掲げた事務所を構えて、森林の手入れから植林、伐り出しなど山に関する仕事を請け負う業者だということだった。

これまでも何度か耕さんの下を訪れたことがあったが、良治さんと同じ酒好きな人で来るときははなから飲むつもりらしく必ず運転手付きで来た。

この日運転手をしていたのは鹿踊りで顔なじみの惣次くんだった。惣次くんは徳次郎さんの息子で、最近東京からUターンして来た人らしかった。徳次郎さんは酔うとお喋りになって、一回り以上も年上の耕さんを相手によく喋った。

話すのはたいてい仕事の上での愚痴で、そのほかには時々政治のことなども語り合った。ざっくばらんで遠慮会釈のあまりない人だったが、良治さん同様、耕さんには一目置いているらしかった。

惣次くんは運転手で来ている手前酒は飲まず、手持無沙汰に二人の会話を聞いていたが、そのうちぼくと気軽に話すようになった。そのためこれまで鹿踊りで顔を合わせるだけだった仲が、急速に深まっていった。

徳次郎さんは家に入るやいなや、

「あんだ、途中で焼き鳥買ってきたがら、これ少し焙ってけんないが」

ぼくにコンビニで買ってきたというポリ袋をのべてよこした。

徳次郎さんは端から飲む腹づもりで来たらしい。佳乃さんはまだ帰っていなかったので、ぼくは焼き鳥の串をコンロのグリルに並べた。

「いや、えらい事になったや」

浜千鳥の筒口を差しのべながら耕さんが言った。徳次郎さんはいかにも酒好きな人のように膝をにじり寄せると、握りしめた茶碗酒に口元を寄せながら、無言で次の言葉を待っている。

「角屋敷でな。屋敷普請やるんだってよ」

耕さんが言うと徳次郎さんの酒を運ぶ手が止まった。

「ほんで？」

「貞介さんに呼ばれでよ」

「貞介さん、未だ達者で居んのすかあ。一体なんぼになんべ」

徳次郎さんは驚いたように言った。

「九十三だ。なに未だ矍鑠《かくしゃく》どしたもんだでばや」

「ほう、さすがレジェンドだなや」

レジェンドという言葉が徳次郎さんの口から出ると、何かべつの生身の生き物のような感じに聞こえる。ぼくの顔が興味ありそうに見えるのか、徳次郎さんがこっちを向いて説明をし始めた。

「貞介さんは山師でなや。山のごどだら何でも知ってるベテランでさ。十二歳の時がら八十過ぎまで山仕事したっつう人だがら、あらがだ七十年も山ど付き合ってきた事になんべえ。これこの耕さんも貞介さんの弟子みだいなものでさ。ねや耕さん。ほんだべえ」

「ああ、ほんだ。貞介さんは間違いなぐ、おれの師匠だものや」

「ほんだがら、頭あがんないんだべえ」

「んだなあ」と、自嘲するようににんまり笑ってがら、

「ほんでな、角屋敷で屋敷普請をやる云《づ》うことなのさ」

と改めてまた言った。貞介さんというのは角屋敷の主人らしい。

「なんと」

ようやく事の訳を悟ったように、徳次郎さんは思わず膝を乗り出した。

「今の家は百年以上も昔に建でだ家だがらな。だいぶ古ぐなってんべえ。このさい自分が生ぎでいるうぢに、新築したい云う事だものや」

「母屋をすか」

「ああ、母屋をな」

「ほう、それゃまだ大事《おおごと》でがんすなや」

「ああ大事だ。なにせ昔風の工法で、ちゃんと柱立てで棟上げで、白壁ど砂壁塗っての純和風でやる云《づ》うごったものや」

「いまどき、そんたな細工の出来る職人が、揃うのすかや」

「あらがだは住田住宅産業が請け負うらしいども、造作の肝心などごろは矢作ど米崎がら気仙大工を呼んでやらせるつう話だ。なに、貞介さんのごったもの、心当だりは何ぼでもある

べえもの」

「ほうー」

「ほんでな」と耕さんは、秘密を打ち明けるかのように声を低めた。

「住田住宅産業だがら材木はあらがた地元材を使うんだべども……」

一旦言葉を切って徳次郎さんの赤ら顔に目をやった。住田住宅産業は第三セクターの工務店だという話は前に聞いている。

「柱や肝心な所は、自分の山のヒノギを使いたいど言うのさ」

「ヒノギがあんのが、貞介さんの山に」

「ある。貞介さんが若いころに植えだもんだ」

「へえええ、ヒノギ云《づ》うのはこごいらには自生しない樹だどもな、さすがレジェンドだなや」

徳次郎さんは感心したようにに言ってぼくの顔を見た。それから、

「柱の主なものったら、何本ぐらい必要だべ」

「んだな、まず大黒柱に中柱、荒神柱に支え柱だべえ、それに化粧柱ど脇柱さも使うようだべえ。そうすっと最低でも三十本は要るべえ」

「ひえええっ、三十本のヒノキ柱だってすかや。豪勢だなや。そんで角寸はす?」

「大黒柱は七寸以上、そのほがはだいたい五寸あればいいがな」

「そすっと、丸太で何本になんべな」

「うーん、あらがだ七十年近ぐ経ったヒノギだがらな。現物見ないごどには何とも言えないども、ま、十本も伐ったら間に合うべやあ」

「角屋敷の山ったらば、五葉の裾の山だべえ」

「ああほんだ。大祝川の辺りの右ッ方にある山で、川を跨がねばならねんだ」

「街場の業者を頼むのが」

「いや」と言ってから、

「業者はなんせ山さブル入れで、ダンプを入れる道路を造るどっから始めるべえ。ブル、川を渡すばりでも大仕事だべよ。それだげで大金かがるべよ。ほんでな」

「ほんで?」

「おれさ頼むっ言《っ》うのよ」

徳次郎さんは「あっ」という顔になって、口を閉じた。二人ともしばらく無言になった。

ややしばらく経ってから、

「チームが要るねや」

と言って耕さんの顔を見た。徳次郎さんの表情が期待に輝いているように見えた。

「仕事は木を伐採して、川を渡すどごまでだ。あとは転がして置けば、気仙プレカットが運んで行って材木にするべえ。そんであんだ、四、五人集められっか」

「集められないごどもないどもね……」

少しもったいぶった口調になった。それを察したように耕さんが、

「あど十年が二十年もすれば消えで無ぐなってしまうような過疎の村さ、百年ものの屋敷を建でるづうんだぞ。それごそレジェンドの心意気っ云《っ》うもんだべや」

と睨みつけるような顔をして言った。徳次郎さんは、いっとき伏し目になって考える風だったが、

「分がりました。出来るだけのことは仕あんすぺえ」

と顔を上げて言った。それで話は決まったようだった。二人はそれぞれ仕事の段取りに思案を巡らせているように、しばらく無言で茶碗酒を口元に運んでいた。

「貞介さんてどういう人なんですか。それと山師って何ですか」

用件があらかた終わったと思えたころ、ぼくは気にかかっていたことを聞いた。

「貞助さんつう人は、伝説の山師でな」

耕さんは酒を一口飲んでから次の言葉に移った。

「山師っつうのは昔は、山のごどなら何でも出来る人の事だった。じっさい貞助さんは山の事だら何でも知っていだ。屋材の選び方がら伐り方、植林の仕方がら手入れの仕方。どこの山にどんな木があるがっつう事まで、住田の山なら知らない事はながったな」

「耕さんは、なんぼの頃、貞助さんさ付いだのす」

傍から徳次郎さんが合いの手を入れるように言った。

「中学校終わってすぐだがら、あらがだ十五、六の時だったべぇ。山仕事はぜんぶあの人に仕込まれだんだ」

昔を偲ぶように言った。それから脇に目をやって、

「惣次、何時帰ってきた」と聞いた。

「去年だもの。東京ではあ、とっても先が見えないど思ってす」

「んだば、あどはずっとこっちさ居るんだな」

「そのつもりだでば。東京には、絶望したでば」

ぼくは自分の心情を聞いたような気がして、ぎくりとした。

「若い人が絶望するようなのは、社会に問題があるんだ」

耕さんは確信ありそうに言うと、目をしばめて、

「んだども、歳をとらないど分からない事ってのは、いっぱいあってな」

と前置きをしてから、

「まだろくに人生の意味も知らないうぢに、人生を諦めでしまうような結論を出しては駄目だ。おれみだいに歳とってくるど、その日その日の苦労でさえも一刻一刻の、生ぎでいる喜びの一つに思えでくるもんでな」

と言った。なんだか自分に言われたような気がした。だが此処に来てすでに五カ月も経っている。それだけの間を置いてからこういうことを言うのは、むしろ耕さんの思いやりかも

知れない。この老人の前では何か、不思議に素直になれるように思えた。

「おれだぢが若いころは、山主ってば肩で風を切って居だもんだったどもな」

「んだったねや。何せ建物はぜんぶ地元材だったべし、第一炊事だの囲炉裏だのって熱源は全部薪だったたべし」

「それがいづの間にが外材に押されで、山が金にならない時代が襲って来た訳だ。いばってだ山主が没落すんのはいい気味だって思ってだ時もあったんだども、今にして思えばあの波は山主ばりではない。この村、全体を襲った波だったんだど思ってな」

「山ばりではないねゃ。農業ぜんたいが立ち行かなぐなってってんでないべが」

「昔は長男が家業を継いだがら、人口はそんなに減るつう事は無かった。今は長男もクソもない。若い者が根こそぎ都会さ出はって行ってしまう時代になってしまった」

耕さんと徳次郎さんは、ひとしきり昔語りに熱中していたが、傍目からはどこか寂しいたたずまいに見えなくもない。ややあってから耕さんが言った。

「何処だがの総理が、世界で一番、企業が活躍しやすい国を作るって言ってだっけが、あれは世界で一番、農業がやりにぐい国を作るどいう意味だったんだな」

いっとき間があってから、

「貞介さんがヒノキさこだわるのは山師の、時流さ逆らっての一世一代の悪態みだいな気分があるんでないがど思ってな」

耕さんが言うと、

「それだば精一杯、協力しない訳にはいがないねっす」

徳次郎さんが目を輝かして言った。すると耕さんがにわかに言った。

「忘れでだったが、老松を一本伐らねばなんねえ」

「何すんのす」

「貞介さんがな、玄関の三和土の上のな、梁を曝《さら》しにしたいづうのさ。そごさ老松を使いたいがら老松を一本めっけで来いど言われだ」

「ほう。老松ってば」

「百年以上の松だべや」

「何でまだ老松さこだわるべね」

「年代を経た松っつうものは、材木にするっつど、時が経つほどにびがびがど赤光がしてきてな、ながなが見栄えがするもんだおや」

「ほう、豪勢だね。さすが貞介さんだ」

すでに佳乃さんが帰っていて、皆にアユの粕漬けを焼いてくれた。

「あなたには家を建てる計画はないの。お金はあるんでしょう。被災した人はだいたいが高台への移転が終わったらしいじゃない」

徳次郎さんたちが帰り耕さんが床に入ってて、ぼくと二人だけになってから、佳乃さんが言った。

「ありません」

ぼくは言下にそう応えていた。

どこかに今の自分が追い立てられているような気持ちがあったに違いない。だが家を建てる気がないという気持ちに、嘘は無かった。むろん人間にとって、家がどれほど大切なものであるかを否定するつもりはない。

だが震災のときぼくは、自分の周りで立派な家を瞬時に失った人々を大勢見てきている。中には建ててから未だ半年も住んでいない新築の豪華な家を失った人もいる。人生のあらかたを、場合によっては未来さえも担保に入れて、家を建てることに全勢力を注ぎ込んできた人たちだ。家ばかりではない。その敷地さえも『災害危険地域』という名称を付けられて、買い手さえつかない無価値なものに変わってしまった。

これまで自分の存在を支える大事な財産だと信じてきたものが、一夜にしてあぶくのように消えてなくなったのだ。あの震災でこれまで信じてきた財産というものに対する価値観に、大きな変化が生じた人は少なくはないはずだ。

いまのぼくに何か求めているものがあるとすれば、それは生きる目的だと思う。日々、命があることに感謝できるような、自分の存在に何かの意味があると思えるような暮らしと言ってもいい。それが今のぼくにとっての価値あるものだ。

　それはどのような暮らしだろうかと、ぼくは思う。ボランテアのように直接目に見える、人の役にたつ仕事もあるだろう。だが耕さんのように森林を護るということも、目には見えにくいが人間にとって必要な仕事だ。なぜなら人間の暮らしにとって森林が果たしている役割は、計り知れないからだ。例を挙げよう。

　ひとつ、森林は降雨や積雪を葉っぱや枝で受け止め、さらに腐食層に浸透させて涵養しながら静かに地中に沁み透らせ、川を形成する。つまり人間に恒久的に水を供給する。

　ひとつ、森林は二酸化炭素を吸収して酸素を吐き出す光合成によって、大気を浄化させる。

　ひとつ、森林は海にミネラルを始めとする栄養分を提供し、カキやホタテやワカメなどの養殖産物を始めとする海の生物の命を育んでいる。

　ひとつ、森林は太陽の光が直に地表に当たるのを遮り、地球温暖化の防止の役にたつ。

　ひとつ、森林は田畑や人間の集落の防雪、防風の役割と地表の温度を調節する役割を果たしている。

　ひとつ、森林は建築に必要な用材をはじめ、山菜やキノコ、果実などを恵んでくれる。

　ひとつ、森林はレクリエーションやリラクゼーションに活用され、仕事に疲れた人間に安らぎをもたらす。

　ひとつ、うーんもっと有るには違いないが、今のところぼくに言えるのはこれぐらいだ。

恥ずかしながらこれらの森林の役割をぼくは、この地にきてから小学生の圭祐君に教わったのだ。

森林を護る仕事も、この山里の暮らしにも、もちろんそれなりの苦労はある。だがそれは都会のくらしのように、社会的に迫害されたり、人間的な軋轢やそれから受ける屈辱や劣等感、大勢の中にいるからこその孤独や自尊心を崩壊させるような精神的な抑圧、そうしたものとは性質を異にするものだ。主として自然と渡り合っての軋轢、人間の情念を取っ払った物理的なものだ。

ただぼくは此処に住み着いてからひとつ思い直したことがある。それは耕さんの山菜を摘んだり、キノコを採ったりの一見のどかに見える慰みのような振る舞いが、決してただの道楽なんかではなく、この山里の集落にしがみついて生きていくために必要な行為なのだということだった。

それは孤独から人間らしい精神を護るための自然との交情、つまりは山里の文化なのだ。甚吾さんの鹿踊りにしても、家の支え柱をヒノキで建てたいという貞介さんとその屋材を伐り出す男たちの伝統的な作業にしても、それらはみんなこの山里の集落でひたむきに、懸命に命を燃やす人間たちの、かけがいのない営みなのだ。

そうしたことを軽視する気持ちは、今のぼくにはどこにも無い。

十九

徳次郎さんが息子の惣次くんを伴って耕さんの家にやって来たのは、それから三日ほど後の昼前のことだった。この日は耕さんと、角屋敷のヒノキ山の下見に行く約束をしていたのだ。

「久男くん。あんだも員数さ入ってもらわねゃばならないがらよ。一緒に行くべえや」徳次郎さんが含みを籠めたような笑顔を見せて、ぼくに言った。もとよりぼくに異存のあろうはずはない。むしろ仲間扱いされたことが誇らしいぐらいだった。

さっそく徳次郎さんの軽ワゴンに乗って四人で山に向かった。道々徳次郎さんは耕さんに言った。

「人員の件だども、この四人の外に、富男ど武夫ど佑三の七人でなぞったたべね」

「佑三《すけぞう》ってばよ」

「甚五さんの甥っ子のす」

「あれは大丈夫なのが」

耕さんが少し心配そうに言った。ぼくの脳裏に、踊りの動作の鈍い佑三さんが、甚吾さんに熱心な指導を受けている情景が浮かんだ。

「なに、少しばりのろいども、仕事は一人前にやるでば」

徳次郎さんが言うと、

「ほんだが。おれは一緒に稼いだごどはないがら、分がらないものな」

やや安心したように言った。それから、

「良治も入れべぇ。まんつ、八人あれば何とがなんべぇ」と了承した。

徳次郎さんは、始めからぼくも員数に数えていたらしい。嬉しさの反面、果たして自分に耐えられる仕事なのだろうかと少し心配になった。

「久男さん、耕さんだの貞介さんみだいな山師の事を、今なんと呼ぶが知っていっか」

助手席に座ったぼくに運転しながら惣次くんが話しかけた。

「空師じゃないの。秋田の方では杣《そま》っていうらしいね」

これまでの聞き覚えの知識で言うと、

「違う」と言下に否定された。

「今はな、伐木造材士《ばつぼくぞうざいし》づうらしいものや」

幾分得意げに言う惣次くんに後ろから徳次郎さんが声をかけた。

「伐木っ云《つ》うど、なんだがただの木挽《こびき》ぎみだいだなや。ほんでなくて昔の山師っ云うのは、苗の植え付けがら下刈り、間引ぎ、枝払い、木の病気の見分げがら、屋材の見繕いまで、山のごどは何でも出来る、山のプロフェショナルのごったべよ」

徳次郎さんは外来語を使うのが好きだ。

「ほんだな。伐木造材なん云《っ》うのは、あんまり良《い》い響きでないな」

後ろで耕さんも言う。

車は、遠野へ行く国道を右の山道に逸れて、川沿いの細い道を上に登り始めた。

人家が無くなり、両側の山がぐんと迫ってくる谷間の道をいっとき走ってから、耕さんの指示で車を止めた。

「トラックが入って来られんのは、ここいら辺りまでだ。重機を持って来ても、入れるのはあの辺までだ」

山道から続くなだらかな川っぷちを指さして耕さんが言った。

「あそごに良さそうなケヤギが有るねゃ。あの右ッ方辺りの平らなどごを、土場にしたらなぞったべね」

徳次郎さんが采配を仰ぐように耕さんに言った。耕さんはしばし返事を保留するように、無言で対岸の山の上の方を目で探っていた。

「あの岩の左ッ方に太いマツがあんべやぁ。あれさ玉掛けしたらば、なぞった。ワイヤー間に合うが」

「大丈夫だど思いますねえ。長さは充分だど思いやすねえ」

耕さんの差し示す山の上を手庇をかざして眺めながら、徳次郎さんが言った。どうやら二人は谷間にワイヤーを渡す相談をしているらしい。

「ケーブルで、伐った木を吊るしてこっち側さ渡すんだ」

ぼくの不明を見抜いたかのように惣次くんが言った。さらに、

「あの岩の上っ方に生えでんのが、貞介さんのヒノキ山なのっさ」とも。

惣次くんが指さす方向を見ると、斜面に張り出した大きな岩の少し上の方から、奥に向かって、鬱蒼と立ち木の生い茂っている林が続いている。それまで杉林だとばかり思っていたのだが、それがヒノキの林らしい。

「あんなにヒノキがあるのか」

よく見ると太くてみずみずしい樹木がびっしりと生い茂って、周囲とは明らかに趣の違った美しい杣山《そまやま》だった。

「半分は杉で、ヒノキはこっちの手前の方だけらしいな」

惣次くんは父親からの聞き覚えらしく、それなりの知識があった。

耕さんと徳次郎さんが川を渡って対岸の山に登り始めた。ぼくと惣次くんも遅れまいとして後を追う。川は惣次くんによれば気仙川のほぼ源流で、幅も深さも岩伝いに足を濡らさずに渡れるぐらいの小さな流れだった。

山は谷川に一直線に落ち込むような急斜面で、斜めにジグザグに歩かなければ落っこちそうな危険があった。

ようやくの思いで上に行き着いたときには息が切れ、ふくらはぎが痛いほどだった。

惣次くんを見るとやはり肩で荒い息をしていたが、山歩きに慣れている耕さんと徳次郎さんは、息ひとつ乱れてはいなかった。

「やっぱ、このマツでいいよんたね。根っこもしっかりしている」

徳次郎さんが二抱えほどもあるマツの幹を叩きながら言った。それから、

「角屋敷だば他にも山あるべえが、貞介さんは何だってまだ、こんな不便な処さ、木ぃ、植えだったたべね」

と疑問を口にした。

「おおがだ、盗伐されんのを心配したんだべぇ」

「そういえば、ひところ、盗伐が流行った時期が、あったったものねゃ」

谷底を見下ろしながら、二人の山師は静かに笑いあった。

耕さんと徳次郎さんはこの日で、ヒノキ伐採の大方のプランを立てたらしかった。

翌日の朝早く徳次郎さんは、三人の男を従えてやって来た。

「富男さんと武夫さんです」

三人の内の一人である惣次くんが、他の二人をぼくに紹介してくれた。富男さんは五十年輩の年かさに見えたが、武夫さんは僕と惣次くんとさほど違わない年齢のように見えた。早くから来てお茶を飲んでいた良治さんは、皆と知り合いらしく顔を見合わせて無言で笑みを

浮かべただけだった。

この朝徳次郎さんたちは、ワゴン車と軽トラの二台に乗り合わせて来た。良治さんは自分の軽トラに富男さんを乗せ、徳次郎さんの軽トラに武夫さん。ぼくと耕さんは惣次くんの運転するワゴンに乗り込んで、途中で佑三さんを拾って行くことになった。

この日の作業は谷間にケーブルを渡すことで、武夫さんの運転する軽トラックの荷台には直径四、五センチぐらいのワイヤーロープが積んであった。

谷間に到着すると、昨日土場にすると言った谷川のふちの平らな場所に、ワイヤーが下ろされた。次がワイヤーの先端付近に抜け落ちないようにザイルのような普通の柔らかいロープを結わえ付け、そのロープを持って対岸の坂を上っていく作業だった。ロープを結わえ付けるとき徳次郎さんは惣次くんに、

「もやい結びづうのは、こうやるんだ」

と結び方を指導していた。最初のうちは富男さんと武夫さんの二人がロープを担ぎ、残った者はワイヤーを伸ばしていった。上に行くにしたがってワイヤーロープの分量が増えて重みが増し、終いの方はみんなでロープを引っぱり上げた。

「もうは、ワイヤーは引き上げなくていい」

対岸の山の麓を半分ぐらいまで上がったところで徳次郎さんが言った。

そこからはロープを伸ばしながら、ロープだけを担いで登った。目当ての場所に行き着く

と、昨日目星をつけたマツの巨木より五メートルほど隣にある同じような巨木に、別のロープを巻き付け、それに滑車を結わえ付けた。滑車にワイヤーを結び付けたロープを通して皆で引っ張り、ワイヤーを上まで引っ張り上げた。

「ようし、玉掛けすっぞ」

徳次郎さんの号令一下ワイヤーは滑車の樹より下の、昨日決めておいたマツの巨木に巻き付けられた。これが玉掛けという作業らしかった。巻き付ける前にワイヤーに別のフックの付いた滑車が通された。その滑車には下に滑り落ちないように細いロープが結わえ付けられている。ワイヤーは三重に巻き付けられ、しっかりと固定された。

その作業の間耕さんは、独りだけ上に登ってヒノキの林を眺めて歩いていた。

それから皆で下に降りていった。下に降りると丁度十二時だったので、皆で徳次郎さんが用意してきた弁当とペットボトルのお茶で昼食にした。

午後は、ワイヤーの一方を川っ淵のケヤキに巻き付ける作業だったが。ワイヤーをなるだけ弛みが少ないように、ある程度の張りを持たせるまでにかなりの時間が要った。一連の作業の主役はもっぱら富男さんと武夫さん、良治さんで、ぼくも見様見真似で懸命にはたらいたが所詮しろうとで、とても二人にはかなわなかった。だがそれは惣次くんも同じで、彼の存在がかなりぼくの気持ちを楽にしてくれた。

全部終えたころには夕方近くになっていた。これでこの日の作業は終わり、いよいよ明日は伐採にかかる予定だ。

その晩庭の洗い場で食器を洗っているとき、佳乃さんが言った。

「圭祐はあなたを気に入っているようですよ」

「でもぼくは、それほど圭祐君にやさしくしてやってはいませんよ。やさしくしなければいけないとは思っているんですが」

「うわべの優しさではありませんよ。あなたは大人に対するのとおなじように真剣に圭祐と話してくれている。それが誇らしくて嬉しいんですよ子供には」

そういうものかと思った。圭祐くんの生意気ともいえる言い方に大人気ないと思いつつも、時にはつい本気になって対処してしまう。つまりぼくは、大人としてさほど成熟していないということなのかも知れない。それともいつの間にか圭祐くんは、ぼくの中でそれほど大きな存在になっているということなのだろうか。いずれにしろそういうことが、圭祐くんには嬉しいことらしい。ぼくにはよく分からなかった。

ただぼくは、佳乃さんとつかの間こうして二人だけの会話ができる時間が、無上に大切なひと時に思えるのだ。

この日も、夕食後三人で鹿踊りの稽古に行った。

二十

ヒノキ林は中に入りこむと下から見えていたよりははるかに鬱蒼としており、ヒノキは梢が天に届くかと思われるほど高かった。丹念に枝払いがされているため、枝は上の方にだけ集中しており、緑の天井を渡したかと見紛うほど光は僅かしか落ちて来ない。

足を踏み入れると広葉樹林とはまた違った、乾いて清浄な腐食層の匂いが鼻腔をついた。僅かな光の帯がけむるように森林の中に落ち込んでいる。

「周りにこんだけのスペースがあれば木も伐りやすいべや。貞介さんは、五十年、六十年先のごどを考えで、植林した風だな」

耕さんは一本一本の樹を下から上まで見上げて、伐る樹を選んで歩いているようだった。それから、

「枝っこ見れば、樹がどっちさ倒れだがっているのが、樹の気持ぢがよぐ分がんのさ」

と言った。つられてぼくも見上げたが、樹は垂直にそそり立って見えるだけで、どっちに重心がかかっているのか、よく分からなかった。

「よし、惣次ど久男くんは、これ巻げ」

徳次郎さんが赤い色のテープを投げてよこした。耕さんが選んだヒノキに目印にテープを巻いていく仕事だった。

ぼくが両手を広げて伸ばしたテープを樹の反対側から惣次くんが受けて、結んでカッターナイフで切った。耕さんは全部で十本のヒノキを選び出した。いずれも一抱えに余る太さだった。

やがて耕さんが一本のヒノキにチェンソーを入れ始めた。たちまちキーンという鋭い音が谷間の空気を揺るがせた。樹の直径はチェンソーの刃よりは厚く、ひと息にはいかなかった。

「まず、倒す方向に受け口を切るんだぜ」

ぼくの耳元で惣次くんが言った。ぼくはこれまでの耕さんとの作業で、あらかたの手順は知っていたのだが、惣次くんの気持ちを慮《おもんぱか》って黙ってうなずいた。

耕さんはいつものように下方に直角に切り込みを入れ、次に同じ個所に少し上から斜めに切り込みを入れて三角片を切りとった。

「オイグチが入っぞ。そっちに居んなよっ！」

倒す方向に突っ立っていた佑三さんに徳次郎さんが怒鳴りつけるように言った。

「なんだオイグチって」

「追い口。受け口の反対側から鋸を入れて倒すことだよ」

やがて「ズサーンッ！」と、身体を底から揺さぶるような地響きをたてながらヒノキが倒れた。

自分の立っている地面が揺らぎ、いきなり荒々しい血潮がぼくの身体の中を駆け巡った。

胸が高鳴り、いっときぼくは、くるめくような熱情にしびれた。それは身体の奥底に長い事眠っていた、原始の感覚のような気がした。天井のにわかに広がった空間から新たな光が差し込み、塵芥がその光の中に蝶の群れのように舞い上がった。

そこには、これまでに何回か耕さんとやってきた、成長不全の杉の樹の間伐などとは比較にならないほどの、ぞくぞくとするような迫力と勇壮さがあった。

これこそが山師の仕事の真骨頂なのだと、訳もなくぼくは感動していた。

伐り倒した樹は富男さんと武夫さん、良治さんによって二間から二間半ぐらいの長さに、二つないしは三つに切り分けられた。ぼくと惣次くんと佑三さんは、もっぱら倒された樹の枝を払う役割だ。枝は先端の細い方にしか生えておらず、手入れの行き届いた見事なヒノキだった。

「さすが耕さんだなや。ひび割れひとつない」

チェンソーの手を休めながら富男さんが言った。

「ヒノキは柾目が真っすぐに入ってるがら、下手な人が伐ると、縦に割れてしまうことがあるらしい。これだけの樹になると、伐り倒すタイミングが難しいらしいな」

惣次くんも耕さんを称賛するように言った。すると良治さんが、

「追い口をどごまで入れっと樹が倒れっかが、よぐよぐ分がってないど危ないものさ。下手に伐るづど、根っこがら樹の先まで真っ二つに割れでしまうがらな。おれはそんな場面を何

回も見できているものよ」

惣次くんの言葉を補足するように言った。

佑三さんは斧を振るいながら無心に枝を払っている。耕さんは、ぼくたちが作業をしている間に、そこから離れた危なくない場所のヒノキを伐りにかかっていた。やがて再び「ズサーンッ！」という地響きを立てて耕さんが二本目のヒノキを伐り倒した。

樹齢六十年か七十年という大木が、ほんの一瞬の間にその生命を終えた瞬間だった。自然と切り結ぶとは、こういうことだ。そこにはぼくが都会で経験してきたような軟《やわ》で浮薄な営業などとは異質の、混濁物のない、ぞくぞくするような自然との峻厳な切り結びと、それ故にこその深い交歓があると思った。

伐り分けた丸太にワイヤーを掛け、もう一つの滑車でケーブルを架けたワイヤーの根元まで引きずって行く。梃を利用した巻き取り機のようなもので引くのだが、それだけではなかなか捗《はかど》らないので、ロープと柄の長い鳶口で、皆で引っ張った。

自分がいつの間にか汗まみれになっているのに気が付いたので腰のタオルで首筋を拭った。家を出がけに耕さんがタオルを渡してくれた訳が、この時ようやく分かった。ほんらい労働というものは、このように汗を流すものなのだ。

何本めかのヒノキを倒したときだった。突然、「危なーいっ！」という徳次郎さんの叫び声が森の空気を引き裂いた。驚いてふり向いたぼくの目に映ったのは、耕さんの倒した巨木が倒れる方向に呆然と立っている、佑三さんの姿だった。

佑三さんは瞬間逃げ場を失ったように半腰しに構えて突っ立ったままだ。ヒノキの巨木はばりばりと音をたてながら螺旋状に傾いていく。先端の枝が絡み合って、倒れる方向に狂いが生じたのだ。

「佑三、逃げろっ！」

徳次郎さんが切迫した声を張り上げる。だが佑三さんは動かず、両手を頭にかぶせると、そのまま地べたにしゃがみこんでしまった。咄嗟の動きに迷ってしまったのだ。

あわや、と思ったときだった。巨木は、佑三さんの頭上の寸前で落下を止めた。太い枝が支えになって、本体の幹が地べたに到達するのを防いだのだ。ヒノキの幹はいっとき佑三さんの頭上で上下にバウンドした。

だれもがほっとして、言葉が出なかった。やがて徳次郎さんが言った。

「樹の倒れる方向に居では駄目だべぇ、佑三。〈杖木《つえき》を伐っても三尺逃げろ〉ってな、昔っからそう語るもんだ」と言ったあと、

「おれも何回も危ないめに遭って来たどもな」

と取り成すように言って笑った。ぼくはほっと胸を撫でおろしていた。佑三さんは動作はのろいが、どんな形であれ他人を攻撃するということの絶対に無い人で、ぼくは好感を持っている。

耕さんはこの日のうちに十本のヒノキを伐った。伐った丸太を皆でケーブルの下まで運び終わったころ夕方になって、ようやくこの日の作業は終わりになった。

その晩耕さんはさすがに疲れたらしく、晩酌もやらずに早めに床につき、大いびきをかいて寝てしまった。

二十一

翌日の作業は伐った丸太をケーブルで対岸に移す作業だった。対岸に渡すには送る側と受け取る側と、二組に分かれなければならなかった。この日の采配はもっぱら徳次郎さんで、徳次郎さんが人員を割り振った。山の手の木を送り出す側には徳次郎さんと富男さんと良治さんに惣次くんの四人、受け手には武夫さんとぼくと佑三さんに耕さんの四人が当たることになった。

運び出す方法はロープを巻き付けた丸太を、ケーブルに取りつけたフックのある滑車に吊るして対岸へ渡してやる。滑車には細いロープが結んであり、丸太を下ろした後の滑車は、そのロープを手繰って再び上に引き上げられる。それの繰り返しだ。

重量のある丸太を動かすには相当の力が要るだろうと覚悟をしていたが、滑車やロープワークを駆使しての作業は、慣れてくるとさほど困難ではなかった。

それでも十本のヒノキを切り分けた丸太材は三十本近くあり、全部を渡し終えるまでには夕方まで働かなければならなかった。

皆で一生懸命に働いたため、夕方までには総ての丸太を渡し終えた。耕さんの請負分の仕事はこれで終わりだった。


翌日の昼ごろ、作業に携わった人たちが全員、角屋敷に招かれて食事を振舞われた。真ん中に大きく炉を切った板場に、一人一人に脚の高い膳があてがわれての小宴だった。

宴には貞介さんの息子の貞男さんも加わっていた。住田の農協に勤めている人で、次期の組合長といわれている人らしかった。ことば数の少ない人で、みなの話ににこやかに聞き入っている。

膳の上はタケノコと里芋などの野菜と鳥肉の煮物、エビと野菜の天ぷら、焼き魚、それと酢もの、和え物、漬物の小鉢で埋めつくされていた。

ちょっと嬉しかったのは、しのぶさんが手伝いに来ていたことだった。見知らぬ家に親しい人が居合わせるというのは、それだけで心強かった。

耕さん徳次郎さん良治さんはもちろん、富男さんも武夫さんも例外なく酒好きのようで、座につくやいなや二合徳利が膳の上をせわしなく行き来し始めた。

「今どき、こういう膳は珍しいねゃ。何つう物なのす」

徳次郎さんが繰り抜かれたように丸くなっている朱塗りの膳の脚を撫でながら、上座に座っているレジェンドの貞介さんにへつらうように言った。

「なに、ただの足高膳だべや。こんな時でもないば蔵さ仕舞いっぱなしで、ただカビ生えらせているだげだものや」

不愛想に言った。

「何時ごろがら、屋敷普請さ掛がっとごだべえ」

今度は耕さんが聞く。屋敷の主は少し考えるように皺をかしげて、

「丸太が乾いで、気仙プレカットで材木にしてもらうまでにどのぐらいかかるがだな。それさえ終われば、すぐに大工入れべえど思ってだ」

と徳次郎さんに対してよりは、いく分愛想をみせて言った。それから、

「ま、おれが生ぎでいるうぢには完成させだいど思ってらどもな」

と言って、しわ深い顔をとつぜん歪めて「かかかかっ」と笑った。

宴がたけなわになってきた頃、それまで遠慮がちに箸を運んでいた惣次君が、何かの話のとき「昔の住田は何で飯食ってだんだべね」と誰にともなく質問をした。

返事を返したのはレジェンドだった。

「まんつ馬産だ。馬っこだ。昔だら何処の家でも一頭や二頭の馬っこは必ず飼っていだったもんだ。おれんどごでは五頭の馬っこ飼ってだなや。家族ぐるみで馬っこの世話したんだ。春になっと種山さ預げさ行ってな。秋になっと引ぎ取りさ行ぐんだ。三年扱ってがら馬市さ

出すんだども、百円も二百円もする馬っこもあれば、五十円三十円にしかならない馬もあってな、博打みだいなもんだったたな。馬市には必ずど云っていいぐらい軍服を着た軍人が来ていでな。気にいった馬っこが見つかるど、いぎなり千円どが二千円どが目の玉の飛び出るような値を付けでな。競りにはならねえが、馬主にとっては棚がらぼた餅だったものよ」

レジェンドは昔を思い浮かべるように目を細めた。それから、

「そのほがは炭焼ぎだの、造林だったな」と言った。

「農業はなぞったたのす」武夫さんが聞くと、それには耕さんが応えた。

「住田はこの通り山ばりだべや。新田山《にだやま》だの五葉地区で田んぼ作るべって、みんなして開墾してな。さんざん苦労して田んぼ作ったんだども何せこの通りの寒冷地だべや。世間さ通用するような米、作れるようになったのはごぐ最近のごったべもの」

「山菜では何処にも負げながったどもな」とレジェンドが口を挟む。

「養蚕《ようさん》もやってだって、聞いだったどもねえ」

徳次郎さんが口を挟むと、

「あれは戦後の一時だったべえ。養蚕の技術が海外さ広がって、値崩れ起ごして、たぢまぢ廃《すた》れでしまったべや。何たって住田の飯の種は、あらがだが山さ関係してんのさ」

「山の事だば、貞介さんの右さ出る者はいないって、おら家の親父なんか語ってらったどもねや」

「んだ。山の事はおれが一番、二番目がこいづだ」

レジェンドはよほどの自信があるのか徳次郎さんの言葉を否定せず、傍らに座っている耕さんをナンバー2だと言って指さした。

皆の話を聞きながらぼくは、人間の住むところには何処にでも、それぞれの歴史が刻まれているものだとの認識を改めて強めていた。

惣次君は帰りの運転手役なのでぼくと同様、飲んではいなかった。

「老松は貞介さんどごの、下の畑にあるマツを伐る事にしたがらよ。あれだってあらがだ、五、六十年は経っているはんだ」

耕さんが徳次郎さんに語っている。

「しのぶちゃん。耕さんさばりお酌してないで、おれさもビール注いでけらいや」

良治さんが、少しろれつの怪しくなってきた舌で催促した。しのぶさんはすぐに立って、ビール瓶の筒口を良治さんに差し向けた。

真っ先に酔っぱらって寝てしまったのは、レジェンドの貞介さんだった。でもぼくには酔ったことだけが原因だとは思えなかった。

むしろ酔ったのは徳次郎さんで、徳次郎さんは良治さん以上にろれつの回らなくなった声で、こう言ったのだ。

「貞介さん。それにしても、あろ十年も持づがろうがどいう、こんたな寂《さび》れら村っこさ、ひゃ、百年も二百年も持づような屋敷、よよ、ようぐ、たたた、建でる気に、ななっらったた、ねっす」

決して悪気のある言葉ではなかった。むしろおもねるような調子だったが、このとき貞介さんの顔のしわが急にひきつれたように歪んだのをぼくは見逃さなかった。

それまでむしろ饒舌と言っていいほど多弁だった貞介さんが、その時からきつく口を引き結んで話をしなくなった。貞介さんはほどなく奥の方に引っ込み、貞男さんの奥さんが、「お爺ちゃんは疲れて休みましたので、気にせず、どうぞごゆっくりなさって行ってください」と言った。

少し間が空いたとき貞男さんが、

「親父は立派な家を建てれば、孫が帰って来るど思っているようです」

と、場の隙間を埋めるように言った。

「息子さんはどちらさ」と耕さん、

「仙台の税務署さ勤めでいます。おそらぐ停年になっても、此処さば帰って来ないでしょうな」

「来ながんすべが」

「来ませんな。親父は、そのうぢこのわだしまで、仙台さ転居するんじゃないがって、そんな心配までしているようでがんす」

「きっと墓守が途絶えるのが心配なんですべえ」

「たぶんそうでしょう。家を建てるのは、わだしの足さ、碇を付けるようなつもりなんでがんすべえ」

いっとき座がしめやかになった。

誰もが、この集落の将来を心配しているとぼくは思った。だが、十年か二十年するうちに消えて無くなりそうな村とか集落というのは、今のこの日本中におそらく数えきれないほどあるのではないだろうか。残された人々はそれぞれそのコミュニテイの文化や伝統や、或いは生活の習風のようなものを護ろうとして、一生けんめい生きているのだろう。ぼくはそのことに意味がないとは思いたくない。もしかしたら其処にこそ人間が忘れてはいけない、何か根源的なものが埋もれているような気さえする。

「いったいこの国は、田舎が消えて無ぐなっても、都会だけで成り立って行けるものなんでしょうか」

貞男さんがボソリと耕さんに言った。

ふと気が付くと徳次郎さんがしきりに耕さんに話しかけている。

「耕さん。元気らうぢに、おれさマツタケの穴場、教えでけらいや」

と言ってから、良治さんを指さして、

「ま、まら、こ、こいづさも、教えれないんれすぺや」と言った。

「なに良治は、ちゃんと自分のマツタケ山、隠し持ってるものや」

と耕さん。

「これやろ、おお、おれさば、たった一本ぐらいしか、よごさないれれ、そったらもの、あったたのがあああ」

徳治郎さんが良治さんに絡み始めた。あとで知ったのだが二人は幼馴染の同級生だということだった。彼らの会話は方言のためもあるが、総じてどこか滑稽味があって、口争いをしていてもさほどの緊迫は感じられない。

そのすぐ後だがぼくは、自分が大切なことを理解していなかったことに気づいた。マツタケの生えている場所は、親子の間でも秘密にしておくものだと聞いたことがある。それを耕さんは、惜しげもなくこのぼくに教えたのだ。アユの穴場もそうしたものの一つだったろう。耕さんの方を見ると、いつもの笑みをたたえて静かに酒を口に運んでいる。耕さんはいくら飲んでもだらしなく酔うということが無かった。

少ししたころ、ぴしゃんという音がして、見ると、

「あ痛《い》で、でででで」

と良治さんが、右手で左手の甲を押さえて大袈裟に騒いでいた。両脇で富男さんと武夫さんが腹を抱えて笑っている。その前にしのぶさんが突っ立って、目を怒らせて良治さんを睨み付けていた。どうやら良治さんが、しのぶさんのお尻にでも触って、その手を打《ぶ》たれたと

いう構図のようだった。

この日ぼくが少し嬉しかったのは、佑三さんが楽しそうにしていたことだ。佑三さんは少しばかり発育不全だったのではないかと思われるふしがあって、何事にも人よりワンテンポ遅れるところがあった。だが素直で、意地悪でもずるくもなく、皆に好かれているようで、ぼくも好ましく思っている。佑三さんは隅の席で笑みを浮かべながら、ひっそりとだが楽しそうに湯呑の酒をすすっていた。

耕さんはその翌日から、三日ばかり寝たり起きたりという日を送った。久方ぶりの本格的な山仕事は、さすがに古稀を過ぎた身体に堪えていたらしかった。年寄りだけに朝は早かったが、昼は何の作業もせず籐椅子に横になったままうつらうつらとしていた。夜はテレビも見ず晩酌もパスで、いつもより早く床に入った。

おかげでぼくは、佳乃さんと二人で話す時間が多くなった。

「お父さんを見ていると、何処の山がどうなっているのか、そこにどういう山菜やキノコがあるのか、どんな歴史があったのかなどという郷土の事情に、とってもよく通じている人だということが分かる。思うんだけど、どんな場所でも、そこで飽きずに長く暮らすこつは、そこに強い興味と愛着を持つことなんだって……」

佳乃さんは父親を深く敬愛していることを隠そうともせずに言った。

ちかごろぼくは、佳乃さんとは傷ついた者どうしだから、きっとうまくやってゆけそうな気がしている。これからの成り行きがどのようになっていくのかは知るよしもないが、それでも労わり合って、どのような形でか互いに優しく共棲し合えるはずだと思っている。

同時にぼくは、相手の気持ちを理解せずに、独り呑み込みで気持ちを肥大させることは、厳に慎まなければいけないとも思っている。自分はそのために一度失敗しているのだ。あんな気持ちは二度と味わいたくはない。自分はそれだけ大人になっているのだと思いたい。

にもかかわらずぼくは、いまのこのほんのりとした胸の中の温もりを、抑制を利かせながらも保ち続けていきたいと願っている。

近ごろのぼくは、はっきりとした考えというわけではないが、耕さんを師匠にして自然を相手にこの山里で生き抜く術を身に着けて行くのも、なにかの意味があるのではないかと、漠然とだが確信のようなものを抱き始めている。

都会でのぼくの存在というのは、大海に無数に漂うミジンコのようなものに過ぎなかった。だがこの村でのぼくは、ただしがみ付いているだけで村を支えている、確かなビスのひとつのように思える。自分の存在が目の前に立っているカバの樹のようにはっきりと実感できる。この山里で新しい経験を一つずつ積み上げて行くのも、悪くないと思い始めている。

二十二

数日前から圭祐くんが、

「種山ヶ原にスターウオッチングに行きたい」

と耕さんにねだっていた。

「スターウオッチングって何ですか」耕さんに聞くと、

「なに、ただ星を眺めさ行くだげなのさ」

と気乗りしなさそうに言った。すると圭祐くんが、

「北極星とおおぐまの関係がどうなっているか見たいんだ。五月の連休に一度みているから
ね。種山の頂上は、この辺りでは星がいちばんくっきりと見える場所なんだ」

ぼくの興味を掻き立てようとするように言う。

「こいづはあ、星の博士でがんす」耕さんはすでに孫の望みに応ずる構えだった。

スターウオッチングに出かけたのは次の金曜日の夕方だった。この日は鹿踊りの稽古は休みだったし、明日は休日ということもあって佳乃さんも一緒に行くと言い出した。

ぼくは急にわくわくしてきた。早めに夕食を済ませてから、四人で佳乃さんのスバルで種山に向かった。

種山に着いたのは、夜のとばりがすぐ間近に見えるような時刻だった。残照はわずかに照り映えていたが、下の里はとっくに暮れているはずだ。頂上に向かう途中に「星座の森」というところがあったが圭祐くんが、頂上の「物見山」の方がいいというのでさらに上に向かった。

前に行った笹薮のところに車を停めると、薄闇の中ですでに星空を背負った「雨雪量観測所」のドーム屋根を目標に草原を歩いた。

夕陽が西の山の端に落ちる寸前の高原の景色は、風景に惹かれる画家なら、ぜったいに描きたくなる光景だと思った。雲と山の端からわずかに差し込む夕日は、複雑に色取られた放射状の光で高原を照らし出し、おとぎ話の舞台のように幻想的な光景を現出させている。その瞬間からぼくたちはこの世のものではない夢の中の世界に引き込まれたと思った。

夜の闇が深さを増すにつれて、空はしだいに変化を見せ始めた。やがて辺りの景色がすっかり姿を隠して、はるか遠くの山の稜線だけが沖でうねる波のように黒い輪郭をおぼろに切り取って見せた。

「あれが五葉山だ。こっちが氷上山、あれはたぶん早池峰だべえ」

耕さんがぼくにとも誰にとも分からぬように言った。

「杉林のシルエットがきれいだね」

高原の彼方に囲いのように長く伸びている林を指して言うと、意外にも圭祐君から反論がきた。

「あれは杉ではありません。たぶんカラマツでしょう」

「そうなのか」

幾分疑わし気に言うと、

「たぶんそうです。種山高原はカラマツが多いのです。そのせいかどうか宮沢賢治の作品には、マツの木が一番多く出てくるんです」

と確信有りげに言った。間もなくぼくたちは、大きな石を積み上げてある場所に陣取った。高原には邪魔になる石を集めて高く積み上げてある処が沢山あった。ぼくたちが陣取ったのは高原のほぼ頂上付近で、ちょっと顔を上に傾けると、空以外は何も見えなくなった。

ぼくは手ごろな大岩に斜めに背中を預けて、楽な姿勢で空が仰げるような態勢をとった。

「賢治の作品にマツが一番多く登場するって、ほんとかい。きみは宮沢賢治の作品をぜんぶ読んだのかい」

先ほどの反論が少ししゃくに触っていて、横に立った圭祐くんに、ついなじるような口調になっている。

「さすがに全部は読んでません。でもぼくの前の学校の漆原《うるしばら》拓司《たくじ》先生は全部読んでいて、宮沢賢治の事をいろいろ調べています。その先生が言うのですから、まちがいありません」

「へえええええ。そうなのかい」

いまだ釈然としない声で言うと、

「そうです。一番多いのは松で百六十九回。次がクリの木で百八回。次がヤナギで百二回出てきます。百の大台はここまで、あとカバの木の八十八回、杉は八十五回で第五位です」

と、淀みなく言ったので、ぼくはすっかり驚いてしまった。

「君の先生も偉いけど、でも先生の言うことをそこまで諳《そら》んじている君も、なかなか凄いもんだね」

「たいしたことはありません。ぼくは大船渡で算盤を習ってましたから、暗記が少し得意だというだけです」

「そうかい。それにしても凄いなあ。君って、ぜったい何かの才能が有ると思えるけどねえ」

ぼくはこの少年に素直に感心していた。それと同時に、少年の信望を手中にしている漆原先生に、軽い嫉妬の念を抱いた。

「賢治の作品は、じつはぼくはたいして読んでいないんです。でも『種山ケ原』は読んでいます」

「へえええ、賢治の作品はぼくも少しは読んでるけど、そんな作品があるのは知らなかったな。どんなお話なの」

「種山ケ原で草を刈っているお爺さんとお兄さんに、達二という小学生の子どもがお弁当を届けにいく話です。でも達二は、ただお弁当を届けるだけじゃなしに、牛を追いながら登っていくんです」

「へえ、小学生なのに凄いね」

「昔の子どもはみんな達二みたいに、一人前に大人の仕事を手伝ったんだって漆原先生が言ってました」

「いかにも」

「でもこの作品の凄いところは、この種山高原の魅力を比類のない美しさで描いているところだと先生は言っていました」

「へええ、君も小学生なのに、比類のないなんて難しい言葉を知っているんだね」

ぼくが感心していると隣で耕さんが笑った。

「はははは、圭祐は少し頭でっかちになっているがも知れないな」

「でも今時の小学生は結構難しいことを言いますよ。それに宮沢賢治はいいですよ。ゲームなんかに夢中になるより、ずうっといい」

いつの間にか圭祐君に理解を示している。

そのころになると、空はいよいよ明るさを湛えて星の群れを浮き立たせ始めていた。なんて明るい空なんだ。しかもあれほど雲に覆われているというのに。

だがぼくはすぐに気が付いた。雲だと思っていたのはそうではなく、実はすき間もないほどびっしりと空を埋めつくしている星の大群だったのだ。

「こんなにたくさんの星を見たのは初めてのような気がする」

つぶやくように言ったぼくの言葉に耕さんが反応した。

「空がいいあんばいに晴れでいっから、ずっと空の底の方まで見えでいるんだべ」

「星雲というのは、このことか」

何気なくつぶやいたぼくの言葉に、またもや圭祐君が反応した。

「厳密には星雲とは違うんですけどね。でも今夜は晴れていて星雲も何もかも一緒にぜんぶ見えているから、ま、星雲ということで」

相変わらずませた口を利いたが、ぼくにはそれ以上の知識はなかったし、仮にあったにしても反論をする気はなかった。

「星は前の日よりも四分早く出て来るんです。ですからひと月だと二時間早く上がることになります。そうやって一年経つと、もとの場所に戻るわけです。これは星が動くのではなく、地球が太陽の周りをまわっているためなんです」

「へええ、そうなんだ」

圭祐君は聞かれもしないのに勝手に星空の解説を始めた。

「今の季節はあまり目立つ星は見えませんが、こっちのペガスス座とアンドロメダ座の間は秋の四辺形と言って、これを覚えておくと他の星を探すのに便利です。ペガススとアンドロメダは冬には西側に移動します」

「ほう」

「あのやや西に見えるのが北斗七星です。あれは冬になると少し東側に移動します。あのど真ん中に二つ輝いている星が見えるでしょう。あれが北極星です。」

「ああ、あれか、ふーん」

「北極星はあの場所から動きません。同じ場所で回っているんです。ですから昔から船乗りの航海の目印にされているんです。北極星はおおぐま座で北斗七星はこぐま座です。北斗七星は北極星の周りを一年周期で回っているんです」

「なるほど、……やっぱり凄いね君は」

愛想でなく本心からそう言った。

「星座は古代のメソポタミアの羊飼いが夜空を眺めて、星と星を結んで様々な動物や人間に当てはめたのが始まりだと言われています。それがギリシアに伝わり、ギリシア神話と結びつけられたのです」

「そうなんだ」

「でも日本人も負けちゃいませんよ。月と結びついたかぐや姫なんかの話もありますし、七夕の織姫、ひこ星なども有名です」

そう言ってから圭祐くんは頭をぼくの方に近づけて、

「ほら、白っぽい淡い帯が分かるでしょう。あれが天の川、つまり銀河系です。あの南端に輝いている星があるでしょう」

と指を立てた手を空にあげて言った。

「あれが織姫の、こと座のベガという星です。ひこ星は今はもっと南に寄っています。夏になると真上に、もっと近づいて見えるんですがね」

いつの間にかぼくは魅せられたように夜空に見入り、圭祐くんの話に真剣に耳を傾けていた。たしかに圭祐くんは、ぼくがいつか行ったことのあるプラネタリウムの説明にも勝る、すぐれた星空の解説者だった。

「空の星は季節ごとに変わっていくから、見ていて楽しいですよ」

独り言のように言った。暗やみでなければ誇らしさで上気しているに違いない顔を、窺わせるような声だった。

「圭祐は天文学者になれるべや」

横合いから耕さんが、嬉しそうに声をかけた。

佳乃さんが用意してきた保温の水筒からアップルティーを注いだ紙コップを三人に伸べてくれた。温かいアップルティーは、冷えてきた身体にいっときの温もりを与えてくれた。

「圭祐くんは将来、宇宙に行ってみたいと思うかい」

ふと思いついたことを口にしてみた。すると、

「それほどでもありません」と意外な言葉が帰って来た。

「他所の星に行っても、ここから観る景色とあんまり変わらないと思うんです。だって地球も他所の星と同じに、宇宙に浮かんでいる一つの星ですから」

続いて、

「それに他所の星は地球ほど、快適でもないし美しくもないと思いますよ」

と言った。圭祐くんの言葉はぼくをひどく驚かせた。確かにその通りなのかも知れない。地球ほど美しい星が滅多にないだろうというのは月や太陽や、そのほか土星とか金星などの最近の情報から推し量ってみても容易に想像できることだ。

同時にぼくは、いっときその場に居たたまれないような気分になった。

この美しい地球に育《はぐく》まれた、宇宙の塵芥よりも微細で、にもかかわらず奇跡さえも超越した驚異と言っていいほんの一瞬の生命を、あえて自分で抹殺しようとしたことがひどく罪深く、愚かしい行為に思えたからだった。

「そうだ、君の言う通りだ。この地球より美しい星なんて、この広い宇宙にだって、そう滅多にあるものじゃない」

恥じ入るような気持と、ある種の感動に喉を詰まらせながら、そう言った。

その時圭祐くんが、ふいに草原に飛び出して行った。それから、

「ダダスコダー、ダダスコダー、ダー、ダダスコダー」

と囃子声を上げながら踊り出した。鹿踊りだった。

「ダダスコダンダン、ダダスコダン」

月の光に照らされて、圭祐くんのシルエットが草原の上をのびやかに跳びはねる。

おもわずぼくも飛び出して、踊りを合わせる。

「ダダスコダー、ダダスコダー、ダンダンダダスコ、ダダスコダーダー」

そこへいきなり唄が飛び込んできた。

「わが妻はー、奥の深山に居だどは聞くがー、便り欲しいや、文の差し添えー。はぁー文の差し添えー」

耕さんだった。錆びてはいるが、艶のある声だ。

「ほれ、佳乃も来い。皆で踊んべやー」

耕さんが踊りに加わりながら手招きをすると、佳乃さんも来て加わった。

「十五夜のー、月は出べし山を見上げで、それ踊りゃれー、吾が連れづれー」

「はあー、ダダスコダー、ダダスコダー、ダンダンダダスコ、ダダスコダーダー」

四人は輪になって踊った。

月の光に照らされた高原は、影踏みができそうなほど明るかった。


（『民主文学』二〇二〇年一月号〜九月号）

鱒《ます》

1

すべてに投げ槍になっていた。臥所《ふしど》は布団が敷きっぱなしだし、三度の飯《めし》は多くて日に二回で、それも一度にたくさん炊いたものを茶漬けや湯漬けにして、三日四日《みっかよっか》かけて食うといった有りさまだ。畑はおろか近ごろでは、庭の草さえむしる気にはなれない。

年老いた男の一人暮らしが、これほど生気を欠いたものだとは思わなかった。かといって心に動揺とか悔恨の情があるというのではない。そんな時期はすでに過ぎていた。とにかく気持ちに神経が籠っていない、茫漠とした砂漠を歩んでいるような気分なのだ。

そんなふうでも田んぼだけは耕さないわけにはいかない。生活の半分以上を自給自足に頼る山里暮らしにとって、米は最小限の生活の資だからだ。
田んぼを耕すとは言っても代かきや田植えは、機械を保有して請け負いをやっている男に任せているから、自分でやるのは施肥だけだ。

修造の家では三反部弱の田んぼに、米と大豆を一年交替で耕作している。山間部の土壌の性質に依るものか、同じものを連作すると翌年はかならず不作になる。他人に習って始めたのが米と大豆の一年交替の耕作だった。去年は大豆を撒いているから米は二年ぶりだ。

米の品種は山間高冷地に強いアキヒカリにササニシキを交配させた新種で、苗は農協から買うから田んぼ仕事とはいっても実際には、労苦を強いられるということは無い。

とはいえ大豆の後は、よほど入念に施肥をしないと、良い稲は実らない。去年の秋に、刻んだワラの上に分解を促進するために石灰窒素を散布して、自分で出来る範囲の耕起はしてある。あとは機械が入る前に、堆肥を撒いておかなければならない。

さいわい今日は天気が良さそうだから、久しぶりに田んぼ仕事をするかと、重くのしかかるような気分と押し競まんじゅうをしながら身を起こした。

掛け樋の水で顔を洗おうとして外に出たら、目もくらむほどの明るい日差しに思わず顔をそむけた。

残り飯に茶をぶっかけて朝飯を食っているうちに気が変わった。ここしばらく天気は渋っていたから、今日は久しぶりの陽気だ。畑仕事をするのはもったいない。

たまには釣りでもしてみようかと思い立った。気分転換にはいいかもしれない。それにヤマメの二、三匹もあげてくれれば、晩酌のいいあてになる。

さっそく身支度をととのえると、居間兼台所の袋棚の中から竿を取りだした。

渓流竿は疾うからグラスファイバーや高密度のカーボンロッドなど、軽量の人工物が主流だが、修造は未だに竹製の和竿を使っている。

出かける前に家の前の野菜畑に設置してある、生ごみ捨て場に寄った。そこでポリ容器の覆いを取って腐食させてある古い方の山から、餌にするミミズを掘って餌箱に収めた。テンカラでは主に蚊鉤を使うが、この時期には生餌の方が食いがいい。今ならヤマメが良く釣れるはずだ。場合によっては鏡岩の辺りまで下がってみてもいい。どのみちたいして忙しい身体ではない。


谷間の狭い盆地を流れる川は、隣りの陸前高田市の広田湾へと注ぐ気仙川の源流部にあたるが、東側に聳える五葉山や愛染山の山稜から流れ落ちる支流が多いために、かなり奥の方まで広い川幅を保っている。岩が多く足場にも恵まれた渓相で、修造は昔からこの川で釣りを楽しんできた。

落葉高木の林の傍に軽トラを停め、林を抜けて河原に下りると、ひんやりと冬の名残のような空気が身体を包んだ。

さっそく糸を結ぶと、瀬の落ち込みの辺りに針を流してやった。

無心になって糸をたぐっていると、ふっと諒子《りょうこ》のことが頭に浮かんでくる。考えてもどうしようもないことだが、この十月《とつき》近くというもの、気持ちの中にちょっと隙間ができると、すぐに諒子への思いが入り込んでくる。散らかしっ放しの部屋のような思考に何とか整理をつけたいと想念を巡らせてみるのだが、考えれば考えるほど虚しい思いが、むしろ量《かさ》を増すばかりだった。

といって切ない思慕というようなものではない。何か得体の知れない不条理なことに、自分なりの納得を得たいという困惑の気持ちの方が強かった。

錯雑とした想念をふり払おうと頭を振ったとき、ぐぐっと引きがきた。用心深く竿を立てながら獲物を淵に引き込んだ。いっとき泳がせてから引き揚げると十五、六センチぐらいのヤマメだった。ヤマメは乾いた河原の上で、美しいパーマークを見せて跳ねている。

この瞬間だけは、なんど体験しても新鮮だった。

昼ちょっと前までに十二、三匹の釣り果があった。これ以上は釣っても持て余す。修造は竿を畳んだ。帰りに月子の家に寄って、

「これ、食って助《す》けねえが」いつものセリフを言うと、

「大漁だね」と、これもいつものセリフが返ってくる。

形のいいものを八匹ほど置いた。

月子は母親と二人暮らしで、修造の家からは三百メートルぐらい離れたやはり一軒家で、集落からは隔絶した場所にある。修造とは隣り同士というわけだ。背中を向けようとした修造に、

「ちょうど良がった。鍋焼ぎ持って行がえや」

と言って、台所に駆け込むと、タッパーに入れた鍋焼きをのべてよこした。焼きたてらしく透明な容器が湯気で曇っている。

その晩は月子からもらった鍋焼きとヤマメの塩焼きで酒を飲んだ。精米した米が底をついていたので飯は炊かなかった。湯呑みで冷酒を飲んでいるうちに、ふっとまた諒子のことを思った。独りで諒子のことを考えると、身体の中を背筋が寒くなるような木枯らしが吹く。諒子が居なくなったということが、何かがのしかかってくるような重みを持って胸にかぶさってくる瞬間だ。やはり相当堪《こた》えているのらしい。

妻の諒子は去年の秋、食台の上に置かれた日めくりカレンダーの裏に「探さないで下さい」とだけ書いて、突然居なくなってしまった。修造は何が何だか分からなくて、ただ呆然とした。まるで反乱を起こされたような気分だったことだけは鮮明に覚えている。

それ以来ちょっと思考に隙間が出ると、諒子が消えたことに対する様々な想念が心の中に渦巻いてきて、苛立たしい気持ちにさせられた。

「あいつの気持ちを、いまさら穿鑿《せんさく》して何になる」

とっくに切り落としたはずの想念をふり払おうとして、逃げるように酒をあおった。

2

「何処さ行ぐの」

「精米さよ。お前ん処《みやどご》は、いいのが」

「ほんでゃ、頼むべがな」

修造は軽トラを月子の家の庭に乗り入れ、納屋の前に回した。

「いい、いい、俺がやっから」

三十キロ入りのコメ袋を持とうとする月子を押しのけて、自分で軽トラの荷台に運んでやった。

「悪いね、いっつも」

月子が百円玉を四枚わたしながら言った。

大豆と一年交替で作る米は、二年目は古米となる。それでは二年目は味の落ちる米を食っているのかというと、決してそうではない。この辺りの農家は、自家消費ぶんの米は籾殻のまま保存しておく。そして当分食べるぶんだけ精米していくのだ。そうするとしばらく新米のような鮮度を保つことができる。

コインで出来る精米機は、五、六キロ下の八日町付近の密集地にある。三月《みつき》に一度ぐらいの割合でそこへ行くのが、修造の生活の習いだった。

修造たちの家がある大巌井《おおいわい》から川沿いに八日町へ下がると谷間は少しずつ広くなり、山間部の典型を示すようなひっそりとした集落が、ほぼ一キロ置きに散らばっている。集落は八日町とその至近の天獄と小松をのぞけば、あとはほとんど二、三十軒から十軒以下の小集落ばかりである。

その上いずれも空き家が多く、往時に比べれば半分ぐらいに減っており、過疎は深刻な状況にある。

もともと住田町は昭和四十五年ごろには一万人を超す人口があったが、五十五年には九千人に落ち込み、「新過疎地域振興特別措置法」の適用を受けてさまざまに努力を重ねてきた。だが過疎の進行を止めることはできなかった。

現在の住田の人口は五千三百人であり、国も自治体ももはや村興し、町興しの掛け声さえ忘れたかの感がある。

大巌井はその住田町の一番奥まった五葉山の麓にある、人家七軒ばかりの村落とも呼べない小集落で、修造と月子の家はその集落からも川を隔てて、さらに数百メートル離れた場所にある一軒家だった。

精米料金は三〇キロで四百円である。二軒分の精米を終えると修造は、ふと予定を変えて大船渡まで足をのばしてみることにした。ルアー釣り用の竿などを物色してみようかと思ったのだ。

修造は始めはルアー釣りを嫌っていた。嫌っていたというよりはルアー釣りというかキャスティングというのか、いかにも西洋風のそうした釣りは、広い湖水のようなところでニジマスとかブラックバスなどの大物を狙う釣り方であり、自分とは無縁のものであると勝手に決め込んでいたのだ。

岸辺を川面にまで垂れ下がるブッシュに覆われ、流れを噛む岩も多い渓流に糸を流すような自分の釣りには、小石を放り投げるようなキャスティングは不自由なだけだし、第一その大仰な拵《こしら》えの擬餌針は、渓流で釣る二十センチ前後の魚種にはそぐわない、というのがその主たる理由だった。

それがつい先ごろから、やり慣れた餌の流し釣りやテンカラのことをさておいて、にわかにルアー釣りに興味を持ち始めたのには理由があった。

この春に修造は、陸前高田の街に買い物に行った戻り路で、気仙川の下流でルアーを使っている釣り人を見かけた。興味をひかれた修造は、土手を下って気仙川の河原に軽トラを停め、参考のためにというつもりでしばしその釣りに見入った。

釣り人はカラフルな防寒上着の上にポケットの多いチョッキをはおり、ブーツ型の地下足袋を履いた、この辺りではあまり見かけない完ぺきな釣り装束だった。岸辺の草原に停めてあるワゴン車は仙台ナンバーで、後ろ扉は上に開いたままだ。中にはザックや釣り具がいっぱい入った道具箱が蓋を開けたまま置いてある。一見して相当年季の入った釣り人であることが窺われる佇まいだ。

釣り人は岩が多くて狭い淀みに巧みにルアーを放り込み、糸を張りながらくいくいと竿を扱《しご》き上げながら糸を巻いていく。キャッチングフォームといい、リーリングといい目を瞠るほど鮮やかな手並みだった。

少しするとリーリングしていた竿がふいに止まって、糸がぴんと張り詰めた。同時にそう長くない竿の先端が強くしなってヒットしたことを告げた。釣り人は立ち上がると、竿を握りしめたまま岩から砂地に降り立った。いっときのせめぎ合いの後、釣り上げたのは尺を楽に超えるみごとなアマゴだった。

「でっかいアマゴですね。この川に、こんなやつが居るなどとは思わながった」

修造は近寄って行って、半ば驚きながらそう言った。釣り人は笑みを浮かべてわずかに愛想を示した後、草原に横たわったアマゴをコンパクトなカメラで写すと、魚の口から丁寧にルアーを外して、またもとの川に戻してやった。一連の動作はさりげないものだったが、その挙措に修造はある種の感動を覚えていた。修造が渓流釣りにルアーを取り入れてみたいと密かに考え始めたのは、それ以来だ。

大船渡の街はかなり復興が進んでおり、新しい街並みがほぼ出来上がっていた。但し震災前に数件あった釣具店は一軒も無く、ホームセンターの片隅にひっそりと釣り具のコーナーが設けられているだけだった。片隅とはいうものの大型店であるから、小売りの店に劣らない広さはあるに違いない。その証拠に品揃えに不足はなさそうだった。

釣り具売り場はテナントのようで、初老の店主が幸い釣りのベテランらしくルアーは初めてだというと、いろいろ熱心に教えてくれた。

「渓流でのキャスティングはデリケートだし、ルアーを投げる回数も多いから、竿は短くて軽いものがいいでしょう」

そんな調子で気が付いたときには竿と一・五号の糸付リール、川虫の形をしたワームと何種類かの毛鉤を買わされていた。最後に店主は、

「このクラスだと三十センチ以下だと手ごたえがなくてあまり面白くありませんよ」

と、胸の弾むようなことを言った。

3

修造には妻の諒子が出て行ったことの理由が、未だによく分からない。

諒子とは四十五年近くも一緒に暮らしたが、手ひとつ振り上げたことはなかったし、これまで妻にも厭わしそうな気配を感じたこともない。ましてや家を出て行くそぶりなど片鱗も窺えなかった。

どう考えても何がなんだか分からないことぐらい不快なものはない。自分の心に、どのようにか納得できる、治まりが欲しかった。

月子が訪ねて来たのは翌日の午後だった。

「昨日はどうも」と言って上がり框に腰を下ろしてから、

「おでん、食わないが」と、紙袋からタッパーを取りだした。

「いづも悪いな」と言って笑おうとしたが、なぜか笑顔にはならなかった。

「淋しがんべ」

と言ってほほ笑む月子の顔が、意外に美しいことに気が付いた。淋しいといえば淋しいし、悲しいといえば悲しいのかも知れない。だが修造は、

「なに、独り暮らしもいいもんだって、近ごろだら、そんな気分なのさ」

と、小心で気弱な自分の気持ちを覗かせまいとするように言った。

「わだしは、たった一人の話し相手が居なぐなって、淋しぐなったな」

諒子は修造より五歳下の六十七歳、月子はそれより五歳年下だが、近くに他に話し相手も居なかったから、二人は女同士のいい話し相手だった。

諒子が置き薬を売りに来る富山の薬屋の車に乗って行ったのを目撃して、教えてくれたのは月子だった。

「諒子さんは、なして出はって行ったべなぁ」呟くように言う月子に、

「大方、おれが嫌んたぐなったんだべえ」

と、やはり呟くように言った。すると、

「修造さんが嫌いになったなんてことは、絶対に無いど思うよ。もしそうなら、少しは態度に出るものだども、まったぐそんなそぶりは無がったし、話にも愚痴ひとつ出たことは無がったもの」

と確信ありそうに修造の顔を見つめてから、

「あんまり自分を責めない方がいよ」

と言った。月子の言葉はただの慰めではなかった。確かに修造にもそう思えるのだ。「それに」と続けて、

「置き薬の人は、ぜったいに女が好きになるような人ではないもの」

と半ば断言するように言った。

諒子が富山から来た、置き薬を商う男の車に乗って出て行ったとしても、それが情欲に狂ってなどというものでないことは修造にも理解できた。これがもう少し若い時なら情欲に狂って駆け落ち、ということでも説明はつく。だが諒子はすでに六十七歳だ。駆け落ちは明日にも、古稀に手が届こうという女のすることではない。第一諒子はそんなタイプの女ではない。

修造はすでに締まりを失った諒子の痩せた身体や白髪の勝った頭、くすぶったように肝斑《しみ》

の浮いた顔などを思い浮かべた。どこを見たって艶《なま》めかしさの欠けらも残ってはいない老女だった。

いちばん手っ取り早い理由として思いつくのは、自分との暮らしが疎ましくなったということだが、四十年以上も波風なく暮らしてきたから、それも釈然とはしなかった。自分の人生も諒子の人生も、もはやいかようにも訂正の利かない地点に差しかかった、とばかり思っていた矢先の出来事だった。

「おれより、あんだの方が、よぐ分がるんでないがど思って居だんだがな」

月子は少し考えてから、

「子供が居ないことでは悔やんでいだったがね」

「それはとうの昔に諦めでいだごどだ。いまさらこせつぐような事ではない」

若い時諒子は、何度か妊娠した。だがそのたびに流産してしまう。修造はそれなりに気を配ってはいたつもりだったが、やはり農作業がいけなかったのだろうか。当時は今のように請け負いの機械がある時代ではなく、機械を買える規模でなかった修造のような山間の小規模農家では、田起しから苗の植え付け、刈り採りまで全て手作業でやらなければならなかった。それにしても……

「近ごろだば、野菜作りだの花作りに、喜びを感じで居るどばがり、思ってらったんだがな」

「やっぱり、辛いがえ」

「それが妙な事に、辛いどが、悲しいどがいうような気分ではないのさ。逆にあの歳で、あんな風で、今さら他所でやって行げるのがなあって、何だが不憫な気がするのさ。そのうぢに行き詰まって、戻って来るような気がしてんのさ」

「やさしいのね」

月子が少し眉をひそめて、淋しそうな笑顔を見せた。

翌日修造は、初夏の温かい陽射しに誘われて、さっそくルアーの試し釣りをやってみることにした。川上に軽トラを停めてから道具を持って、川沿いの道を一キロほど下まで歩いて行く。渓流釣りは川下から遡上するのが常道だからだ。

若芽が匂いたつようなサワシバの林を通り抜けて河原に下り立つと、ひんやりとした川風が頸筋を撫でていった。

竿に糸を通して振ってみるとルアーは思いのほか使い勝手がよかった。テンカラの手竿の届かないような広い場所でも、ルアーなら遠い場所から姿を隠して糸を放り込めた。

修造は水面に影を映さないように、できるだけ離れた下流からキャストし、竿と直線にならないようなリーリングをくり返した。流れの早い瀬では、糸が岩に絡まないように慎重に操作する。長年テンカラで鍛えた腕は、ルアーにも充分に応用できた。何回もキャストをくり返しているうちに、バックモーションやオーバーヘッドでの放り込みもなんなくこなせるようになった。ルアーを買う前から修造は、こうした動作を頭の中で何度も仮想していたのだ。

軽トラを停めてある付近まで遡上するうちに修造は、尺もののイワナとヤマメをそれぞれ三尾ずつ釣り上げた。やはりルアーは大物がくると、久しぶりに満ち足りた気持ちになった。上流の一番大きな淵で、最後のイワナを釣り上げたときだった。水面を滑らせるように獲物を捕り込む修造の目に、ふいに川底でギランと光るものが映った。ステンレスか何かの金属片でも沈んでいるのかと思って目を凝らすと、そいつはゆらりと岩の陰に消えた。

途端に修造はぞくぞくっとした。もしあいつが魚影なら、とてつもなくでかいやつじゃないか。

4

帰りに月子の家により、イワナとヤマメを二尾ずつ置いた。

「もうは飽ぎだべもの」と謙遜しながら伸べると、

「なになに、余ったら酒粕さ漬けで置ぐがら、何ぼあっても重宝しますが」

と月子は笑った。

「婆ちゃんは達者で居だが」と聞くと、

「達者で居るども、この頃は草取りもあんまりしなぐなって、朝がら晩方まで寝でばり居りますが」

と、淋しそうに笑った。月子は二十年ぐらい前に、嫁ぎ先を飛び出て実家に帰り、両親と三人で暮らしてきた。十年ぐらい前に父親が亡くなり、九十近い母親とずっと二人暮らしをしている。子供は無く、もしかしたらそれが嫁ぎ先を出た理由かも知れない。

その晩は掘り炬燵に足を突っこんで、川魚の塩焼きをつつきながら、〈南部美人〉を嘗めた。五月に入ったとはいえこの辺りは、夜は結構冷えた。ぼんやりとテレビを眺めていると、いつの間にか諒子のことが浮かんでくる。

同じ船に乗り組んで居ながら、おれは信頼に足る相棒《クルー》だったろうか。あいつのよい話し相手になっていただろうか。なにより一緒に暮らして楽しい人間だったろうか。

いやいや何につけても出ていったということは、あいつにとっておれとの暮らしは、決して愉快な航海ではなかったということの、なによりの証拠ではないのか。

想念が重苦しさを増してきそうになったとき戸口の引き戸が開けられて、ふいに月子が現れた。

「晩方から曇ってらったが、とうどう降って来たようだ」

懐中電灯を持たない方の手で、髪を拭いながら言った。遠慮なく上がりこむと隣に座りこんで、炬燵に足を落とした。

「晩酌の相手っこ、すんべがど思って来ました」

修造は想念に纏わりついてきた重苦しいガスのようなものが、にわかに吹き払われたような気がした。今の修造にとって月子は、何かの光を運んでくるような存在に思えた。

「その後、何にも音っこは、無いのすか」

諒子のことだ。それには応えず、

「なに、そのうぢあいづはぁ、きっと帰って来んべぇよ」

「なして、そう思うのっす」

「んだって、四十年以上も此処で暮らしてえ、あの年で、今さら他所に安住出来る場所なんか、ある分げがないべど思ってな」

「確かに……。普通だば帰ってこられる筋合いのもんじゃながんべども、修造さんの優しさは充分に分がってっから、最初っから甘えがあって引き起ごした事だったのがも知れないねえ」

「信じられながんべども、あれが出はって行った事に、おれはいっこうに怒ってはいないのさ。そればりでなぐ、四十年以上も一緒に暮らして居でも、まだおれの知らない面があったのがって、普通に驚いでいるのさ」

「へええぇ、それはまだ鷹揚《おうよう》なごったねゃ」

「考えでみれば、こんたな寂れきってしまった処で何の変哲もなく、このまま生ぎ永らえる事に、どればりの張り合いがあるんだべがど思ってな」

「…………」

やや捨て鉢な言い方に聞こえたのか、月子はいっとき考えるように黙った。此処で生きている月子をも傷つける言葉だったと、修造は少し後悔した。

「おれが若い時は、この集落はほんでも三十世帯ぐらいはあった。大船渡さ行って、ちょっとした手間取りで働けば、あとは農業でどうにがやってはいげだんだ。それが農業は金にならなぐなり、そのうぢ大船渡だの高田にも働き口がなぐなってしまった。若い者は片っ端がら都会さ出はって行ぐようになり、年寄りだけになっていった。そうなるどもう時間の問題だ。十年もすっと世帯は三分の二に減り、年を追うごとにそれは加速した。今ではたった七軒しか残っていない。集落とも言えなぐなってしまった」

先ほどの言葉を、やや手直しする気持で言った。

「諒子さん、お金はあるの？」

ふいに思いついたというように月子が言った。

「郵便貯金はあれの名義にしてらったがら、それは持っていったようだ」

「ほんでは、修造さんが困るんじゃないの」

「農協の通帳は残していった」

農協から二人分の農業者年金が振り込まれる通帳だった。

「慣れない土地で僅かばかりの預金を使ってしまったら、たぢまぢ生活が行き詰まるんでゃないがど思ってな」

「今どき何処さ行ったって、生活の不安のない場所なんかあるわけないよ。貧乏人はどこさ行っても貧乏人だよ」

と言っていっとき黙ってから、また月子が口を開いた。

「わたしには何だが分かるような気がする。さっきの修造さんの言葉から思ったんだども、独りっきりになって死んでしまったとき、誰がに発見されるまでに何日かかるんだろうって塞ぎこむようなことってあるでしょう。でも死んだ後のことより、残りの命を考える方が本当は何倍も鬱陶しいよ。わたしの人生って、たったこれだけのものなのかって、このまま終わってしまうのかって考えると、背骨を揺さぶられるような淋しさに襲われるもの」

修造は無言でつぎの言葉を待った。

「テレビを観ていで時どき思うことがある。画面の向こうではみんな生き生きどして、なにやら楽し気に命を燃やしているなって。自分はそこから、はるか遠くに居るんだなって。何だか世の中がら置いてけぼりにされでぇ、こんな処で、このまま老いさらばえることが急に恐ろしく感じられるときが確かにあるもの」

いっとき言葉を置いてから、

「諒子さんはきっと、過疎から逃げ出したんだと思う」

しんみりと言った。修造はひどく身につまされる想いで月子の言葉を聞いた。

考えてみれば自分には釣りがあり、晩酌があった。この二つがどれほど山里で暮らす寂寥や無聊のなぐさめになっていたか、はかり知れない。それに比べて諒子はどうだったろう。昔から日照時間が少なく、谷川の水は冷たくて冬も早く来るため、「そっ立ち稲」しか育たないと言われた痩せ地での農作業以外に、何があっただろうか。そんな諒子が不憫で、せめて自分だけでもストレスの原因にはなるまいと、それなりに気配りはしてきたつもりだった。が、それでも間に合わなかったということなのか。

過疎の村の日常の中に潜んでいる何かのウイルスのようなものが、少しずつ諒子の心に憑依していたのだろうか。そして諒子の中に、もう一人の別の女が育っていたのかも知れない。

「考えてみれば、一生に一度ぐらい、羽根を伸ばしたぐなったどしても、特別不思議ではない。あんだの言うように、あいづはきっと、テレビの向こう側を覗いで見だぐなったのがも知れない」

述懐するように言った。修造に妻を恨む気持ちは本当に無かった。

ふっと修造は、酔いに絡め取られたように、月子の膝の上に上体を倒していった。

膝の上に頭を乗せ、両腕を月子の腰に回して抱きしめた。

抑えきれないというほどの誘引力があるわけでは無かった。それだけに柔らかで自然の振る舞いのようになった。

「まだ、そんたな元気が、残ってるってすか」

月子は誘い込むような微笑を浮かべると抗うことなく、その場にくずれるように仰向けになった。

「なに、ほんの気持ちばりさぁ。真似っこばりさぁ」

ほとんど呻くように言いながら、投げ出した太腿の辺りを慈しむように撫でまわす。月子の胸が大きく波打ち、息遣いが乱れた。

衣類を剥がすと若い人のように白い、しっとりとした肌が露れた。懐かしいような弾力を帯びた肉が修造の手の打ちでかすかに震えた。

修造は無心で、溺れ込むように月子の身体に身を重ねていった。激しく身を焦がすというのではないが、いっときめくるめくような気分が立ちこめては、卒と消えた。どこかに、身体の底のほうに滲みついている胎内の記憶をまさぐっているような気分があった。

今にも灰になろうとしている熾火のような精力を奮い起こそうとして、修造はいっとき見苦しく足掻いた。そして、それほど時間が経たないうちに大きなため息のような吐息を吐きながら果てた。

月子は満足したはずはなかったが、修造の力が尽きたことへの思いやりからか、慈しむような微笑を浮かべながら手で髪をつくろった。

「年甲斐もなぐ、みっともない真似をして、済まながった」

修造が言うと、

「慰め合ったって、何も悪いことはないよ」

ぶっきら棒なもの言いに、労わるような気持ちが感じられた。

たしかに無分別に欲情を燃え上がらせるというような交情ではなかった。しいて言えば、懇ろな挨拶のような接合であった。或いは互いに残りの命をまさぐり合うといったような、篤実さの籠った交歓だった。そのためか二人は、離れた後でも倦厭感に囚われることがなく、立ち去りがたい何かの感情に引き留められているかのように、お互いの体をしばらく撫で合っていた。まるで明日にでも出征する男とその妻のように。

そこには、寄る辺ない孤島の中に二人だけ取り残されたというような、縋り合う気持があった。

すくなくとも世間をはばかるという気持ちは無かった。こんな村にも昔は、オープンな男女の交際は憚られるような空気があった。だがそれもこれも最小限のコミュニティーがあったればこそだ。風聞を流す人間とていないこんな、過疎さえ通り越したような佇まいの村で、いったい誰に遠慮する必要があるというのか。

5

月子との老いた身での貧しい情交は、懐に温石でも抱いたような感情と一方では、冷や汗の出るような記憶ともなった。

そしてそれは、不思議に修造の気持ちの中に漂っていた霞のようなものを吹き払ってくれた。あれ以来、諒子の想念が浮かぶ都度、それと対のようにして月子とのことが脳裏に現れる。

〈妻はこの地を捨てて他所へ行きたくなった。そのときこのおれの存在は、そのことを思い止まらせる力にはなり得なかった。諒子にとっての自分の存在というのはその程度のものだったということだ〉

そんな愁念に囚われるとき月子とのことは、胃痛に効く散薬のように不快な想いを薄めてくれるようになった。

心の整理には、迷路のような思考よりも、いっときのたわいもない行為の方が有効だということなのかも知れない。


何日か、乾いた天気の日が続いた。その日の昼過ぎ修造は、釣り仕度をして川に出かけた。何時ものように下流には向かわず、真っすぐ近くの淵に行った。先日目にした、ぎらんと光る魚影が気にかかっていたのだ。

源流に近いこの辺りに棲息するのは、主にイワナかヤマメだが、あれはそのどっちでもない。河原に下りてから、水面に影が映らないように注意しながら岩の上からそっと覗くと、淵は蒼く曇って底も見えない。

淵の下流には岩を噛む流れの速い瀬があり、その下にもう一つのやや小さい淵がある。中間の河原に陣取って、小物がかからないように大きめのワームを針に刺し、キャスティングを開始した。上流の岩の根の辺りに放り込み、竿先を下げてルアーを沈めていく。湖水と違って渓流では、魚が餌を発見できないということは殆どない。

何回かそれをくり返したが、何の当たりもない。ワームを川虫の形をしたものに替えてみたがやはり手ごたえはなかった。少し飽きてきたが長年の経験から、釣りは辛抱が肝心だと知っている。

少し休んでから、もっと魚の興味を惹きつける必要があるかも知れない、と気づく。針をきらきらと光る三グラムのスピナーに替えてみる。一回目のキャストで突然糸がぴんと張って、動かなくなった。川底に沈む、太い木の枝でも引っかけたのかと思った。簡単に切れるようなハリスではない。針が曲がるのを覚悟でぐいっと引っ張った。するとどっしりとした重みの底から、ぐらりとした鈍い動きが伝わってきた。

瞬間、脳裏に震えが走った。なんだこれは。まるで頑固なヤギでも引っ張っているような感じだった。竿を立ててリールを巻こうとしたが、逆に竿の先の方が倒れていく。そのまま緊張を保っているとほどなく、ぐらんぐらんという揺れが糸を伝わってきた。長年渓流釣りをやってきて、初めて体験する感触だった。

これは、途轍もないやつを引っ掛けたらしい。

サケが上ってくる季節ではない。と言ってイワナやヤマメの手ごたえとは桁が違う。そう思うと途端に胸が早鐘を打ち出した。こいつは何だ。いずれにしろ生涯に一度、あるかないかの大物であることは間違いない。

ひとしきり竿が倒れないように我慢した。糸はメタル製の一・五号だから滅多なことでは切れない筈だ。それでも瀬に引っ張られて流れに乗せるのは危険だ。魚が流れに入ると重さが倍になる。それではいかに丈夫な糸でも、もたないだろう。修造は必死で獲物を、淵の内に留めるためにふんばった。だが真っ向勝負で引き合うことは避けなければならない。強く引いたときにはある程度泳がせる。力が弱まったときにまたリールを巻き上げる。しばらく一進一退の繰り返しが続いた。


修造は無心になった。魚との格闘が、無益な想念を脳裏から吹き払った。

未だに見えない敵は絶対に姿を見せまいとするように、川底で必死に暴れまわっている。引き込む糸の先に、魚の強い意志が感じられた。

ふいに凄い力で、強引に瀬に引き込まれそうになった。修造は焦った。だが、ここで勝負するのは危険だと手の感覚が伝えている。糸は緩めず、押さば引け、引かば押せの辛抱比べが続いた。そのまま何分が過ぎたのか、引き込む力が急に弱くなったと思ったとき、いきなりそいつが水面に背中をみせて浮上した。それから下の瀬に向かってぐいぐいと泳いでいく。そのまま竿で引き揚げられるような生やさしいやつじゃなかった。

まずい、と思った。瀬の真ん中辺りに大きな岩が転がっている。やつは岩の向こう側を下るつもりだ。直線を保とうとすると、必然的に川に入らざるを得ない。気が付いたときにはもうすでにざぶざぶと流れに浸っていた。瀬の下にもう一つ別の淵がある。あそこで勝負しよう。そんなことを考えた途端にずるりと足が滑り、ばっしゃんと川に倒れ込んだ。が、竿はしっかりと握っていた。流れに横倒しになったまま竿を立て糸を張り続ける。魚の強い力のために容易には態勢を立て直すことが出来ない。河床を膝行しながら、ずるずると下流に引き摺られて行く。

気が付くと腰まで水に浸かりながら立っていた。つぎの淵に入り込んだのだ。そのまま水の中での引き合いがしばらく続いた。やがて引き込む力に間断が出てきた。その度ごとに修造は、身体を河原の方に寄せていった。

一刻のちに観念したように、糸の先がただの重さだけに変わった。竿は依然として急角度のアーチを描いている。

少しずつ糸を巻いていった。すると間もなく横腹を銀白色に輝かせた巨大な魚が現れた。マスだ。ゆうに二尺は超えているだろう。だが何というマスだろう。サツキマスか、それとも銀マスというやつなのか。

河原近くの浅瀬に横たわったまま、激しく腹を膨縮《ぼうしゅく》させているマスを、河原に引き上げようとして修造は、いっとき躊躇した。こいつは、たった今まで死にもの狂いで自分と格闘を展開してきた相手だ。だがこいつは未だ生きている。そして自分もこうして生きている。

修造はもはや抗う力も無くなったようなマスの口から、丁寧にルアーを外した。それから乾いた河原に腰を落として、じっと魚に見入った。

「お前にとっては生きるか死ぬかの闘いだったろうが、おれだって、それほど元気な訳じゃぁないんだ」

と、心の中で言った。すると何の弾みか、ふっと月子の言葉が纏まりなく脳裏に浮かんできた。

〈まったくあいつはお喋りな女だ〉

心の中で呟いた。だがそのお喋りが、殊のほか愛おしく思えた。

ふっと気がつくとマスが、白銀の腹をゆらゆらと揺るがせて、起き上がろうとするそぶりを見せていた。修造は魚の背をそっと押してやった。マスは身を立て直すと、ゆっくりと深間に還って行った。

「ここだって、命は燃えているんだ」

修造は、こんどは声に出して言った。

（第23回長塚節文学賞短編小説部門大賞）